平淡之喜

黎戈 著

小满 摄影

Li Ge

Plain Joy

江苏凤凰文艺出版社
JIANGSU PHOENIX LITERATURE AND ART PUBLISHING

目 录

平湖

淡菊

平湖

美丽心灵

《珍》出来了，这是关于专门研究大猩猩的珍·古道尔博士的纪录片。我看了，然后又重读了她的“希望”系列，真是感人至深。

古道尔自小就很喜欢小动物，总是想和它们待在一起，因为家境并不富裕，高中毕业后她只能到处打工，她用端盘子的小费，积攒了旅费，去非洲的国家公园，一个人待在一个岛上，和许多大猩猩在一起。她满足极了，这正是她童年时的梦想。

古道尔的美，在于不屈不挠的斗志。二十世纪五十年代时，女性并不被鼓励从事科学工作——前几天在书里读到另外一个传奇女性毕翠克丝·波特的故事，她也想成为一个生物学家，但不被科研组织接纳，因为她是女性，最后她只好改行画插画，歪打正着，画出了举世闻名的动画形象：彼得兔。

再说回古道尔，她只身登岛，每天早早起身，登山去观察和记录大猩猩的行踪，最终获得了它们的信任和近距离观测的机会。

她的美，在于博大的情怀。1986 年出席了一场学术会议之后，古道尔博士意识到工业时代对生态环境的伤害，地球物种的多样性被急剧破坏，很多动物面临严峻的灭种危机，她决心从工作了三十年的贡贝大猩猩研究基地走出来，致力于呼吁和促进环保工作。

当她谈起又有一个濒危物种被人类挽救的时候，她碧玉一样的绿眼睛神采矍铄："我们让这个动物从'极度濒危'状态，降到了'濒危'，这是很了不起的！"她像一个打了胜仗的战士一样快乐，不是为自己的名利，而是为动物的生存环境被改善，这丰盈的生命意义感，让八十多岁、满面皱纹的她，依旧光彩动人。

古道尔有一张非常典型的英伦美女的脸，五官细巧、金发碧眼，身材也非常好，腰细腿长，是个不折不扣的美人。但是，她对自己的肉体美，毫不在意，更没有过度经营和利用。到八十多岁，她都是梳着简单的短马尾（众所周知，这是最容易打理的发型），穿着卡其色或绿色的布衬衫、短裤，款式极为简单，这是为了方便科研观测。摄影队去非洲拍大猩猩纪录片时，顺便拍了她在溪水边洗头的场景，很多年后，提起这件事，她还是觉得很无聊："这没什么可拍的。"

古道尔的妈妈也很美，一岁半的时候，古道尔抓了一堆蚯蚓放在床上，她妈妈没有尖叫和斥责，而是看看她说："珍，如果你把它们放在这里，它们就会死掉的，它们离不开泥土。"小朋友听完，蹒跚着把蚯蚓送回家了。二十多岁时，古道尔奔赴梦想之地非洲，当时不允许白种女人单身待在岛上，古道尔的妈妈就勇敢地充当了陪伴，带着医药箱上岛，和女儿吃一样的罐头食品和水果，在溪水里洗漱，在女儿整日上山观察猩猩无法陪伴她时，她给当地的黑人看病，与他们建立了良好的关系，为女儿日后的工作打下人际基础。古道尔结婚十年后，因为和丈夫长期分居，对方要求她放弃猩猩研究，和他一起生活。古道尔给母亲写信谈及自己的困惑，母亲立刻回复，"没有人是不能放弃的"，告诉她不要成为男性的附属品……古道尔离婚了，更加坚定地投入工作。

她母亲美吗？她很美，她的美不仅是因为母爱的光辉，更是来自一个独立的灵魂对另外一个独立灵魂的尊重、理解和支持。

居里夫人美吗？哪怕她穿着粗布工作服，在工棚一样的简陋环境中，拿大木棒提炼化学元素的时候，她依然非常美……她发现了放射性元素，间接推进了放射疗法，数以万计的癌症患者得以借放疗延长生命。她美吗？她很美。

师太亦舒的书，早年悉数看过，现在记得的不多了，有一部是《喜宝》，里面的富家女，也就是男主角的女儿，本来是超级“白富美”，整天不思上进，到处游乐，不看书，床上摊开一本通讯录，里面是几百个玩伴的名字。她百般无聊地挥霍着青春和老爹的钱，她的未婚夫提到她时说：“你知道有一种婴儿，拿灯光一照头部是透明的，光从瞳孔中射出来。”意思是说，她是个无脑的空洞之人，那种美止于皮相，非常扁平，交谈几分钟之后，就会被乏味所淹没。

而当喜宝被金钱腐蚀了人生斗志，放弃了剑桥的学业，步步堕落之时，这个富家女，却放弃了家里的钱财，去教书了，最后她手脚长着冻疮，穷得连一部版刻《红楼梦》都买不起，只能天天到琉璃厂蹭读，却充实快乐地生活着。她的得失轨迹，与喜宝正好是相反的。我想，在获取了生命的意义感之后，她会具有更厚实、更层次感的美。

这是一个前所未有的无聊时代，每天打开微博和头条的时候，我会被那种无聊的程度所震惊，这么有限而可贵的生命和注意力资源，难道真的要拿来去关注明星脸上长的一个痘痘？当我说美在灵魂的时候，你觉得这是个文艺腔的笑话吗？其实不是，开阔的人生格局、深刻的灵魂感、对外物的照拂，这些，会让人拥有真正的美，美到老。你看看那些生动的、突破了年龄感、性别感的女人就明白了。当古道尔博士不停地说，“我觉得自己完成了儿童时代的梦想，我很幸福，太幸福了”，那种历经折磨、奋斗不息、终于实现梦想的光芒，意义在握的笃定，照亮了她的脸。这不是打瘦脸针、羊胎素来拼命减少一个褶子、一个斑点那种表象的美，而是生命内在的光束。

对美的挽留

每次看古装剧，都觉得失真：古代的夜，以灯烛照明，亮度半径很小，角落里都是影影绰绰的，根本不是那种聚光灯打出的明亮光感，人物的着装，当然也不可能那么高饱和度的鲜亮；古代没有化工染料和稳定的定色能力，上古时代的北方王子，怎么穿着亮绿色的衣服？布料上还印着工笔花鸟纹？相对于黑、赭红、朱砂红，绿色是很晚才出现的染料色，商周时代，敬鬼神天地，以云纹、雷纹为主，身居南方的楚地除外。

甚至，古代没有给颜色命名的词汇，比如“青”，其实是一个色彩范围，它包括铜矿石的蓝、炉火的青焰、苍天的莽莽感，还有苍蝇头的色泽：“营营青蝇”。而在古希腊语中，青色指的是一种深暗的色彩，可以是蓝色、紫色，也能是黑色，更接近一种色感。

去看敦煌壁画，画中蓝色部分的颜料来自青金石，这种矿石产自阿富汗，它们被驼队背负着，由商队跨越帕米尔高原带入中国，变成了菩萨身后的背光；同样，在欧洲，只有圣母的裙子，才能用这种蓝色来画——在漫长而黑暗，多数人穿着灰黑色衣服的中世纪，这是最昂贵的颜料。宗教的神圣，也体现在物质价值上。

读《米开朗基罗和教皇的天花板》，我感兴趣的是讲解湿壁画技术的部分，硬把社科书读成了美术书……湿壁画着色技术有时会借鉴干壁画着色技术（我想到了《图说敦煌二五四窟》）。把干湿壁画的颜料使用做个对比研究，一定好玩。书里还提到意大利颜料商人，《颜色的故事》里也专门写过米开朗基罗的群青色从哪里来——那章让人很感动，终身研究颜料的人，在军事阴影下的巴基斯坦，获取了通行证，冒着生命危险，就为了去看几块青金石，而在压抑保守的国度，老百姓仍然在追求着最家常的日子，蓝色代言了这一切，它是电视的背景色（虽然收看的节目受限），在英语中，它也代表情色电影，它更是天空的颜色，它既是忧郁（blue），又是让人寄托幻想的天外。

既然很多古代颜料都来自矿石，我干脆跑到地质博物馆去看石头。

绿荫荫蔽的老红砖房，是矿石厅，里面几乎没有参观者，灯全暗着，我每走几步，那段路的灯，就应声亮起，一段又一段地，照亮了璀璨的矿石。

用来染蓝的蓝铜矿，晶体原来呈深邃的紫色，灿然生辉；雌黄是沉着的姜黄，沉积在石表；孔雀石很是尊贵，它有一个单独的圆形展台。小时候，爸爸送给我一套童话画库，我翻烂了书页，后来补好又转赠给皮，里面有一个叫《铜山娘娘》的故事，一个男矿工，在开山的时候碰到了一个美丽的姑娘，头发可以发出铜片的撞击声，衣服是孔雀石做的，她就是孔雀石公主。我盯着博物馆里的孔雀石矿体，它的色泽很鲜翠，在国家博物馆，我曾经见过放在盒子里的孔雀石粉末，古埃及人拿它涂眼影。

还有绿松石——《戴珍珠耳环的少女》里，有维米尔画画的片段，那个教女佣研磨原料的画家维米尔，不像艺术家，倒更像带学徒的工匠，他的画室杂乱如工坊，堆满朱砂、蓖麻油、绿松石……这可不是杂物，而是等待研磨、溶解、勾

兑的颜料。文学家动用几个形容词就可以抵达的美，画家得经过大量的坚实劳动。

出了博物馆，路边有一棵明艳如火的石榴，它也是染色剂——很多颜色，都来自植物。古人在一切契机中，邀请着颜色走出植物:“凡染大抵以草木而成，有以花叶，有以茎实，有以根皮。”

感冒了，我吃板蓝根，它也是一种蓝色染料；童年的午睡中，脸上罩着槐树的树荫，那槐花蕾煮汁，就可以染成松花笺；初夏，总要应季插一把的栀子花，它是染黄色的颜料……我曾经吃过很长时间的桃红六物汤，每次吃到红花什么的就得刷牙，怕牙齿变黄，红花是中国古代的植物染色剂；夏天用紫草皂洗澡，那肥皂的浅紫，明媚天成，紫草也是染料；吃葡萄，汁水沾在衣服上很难洗掉，而中世纪画中常常出现的幽黑，就是葡萄藤烧成的，微带蓝光。

我们的祖先，就是这样，一点点的，得到了一个脆弱但日趋艳丽的色彩世界。

对美的向往、执着的追求，把那美丽的颜色，从天地之间，不管是矿石还是花草之中，提取出来，抓住它，再顽强地挽留在纸上和衣襟、语言词汇中，很多时候，这种挽留是失败的，比如画敦煌菩萨的脸使用的铅白，在漫长的年月中，氧化褪色了。但人类不屈不挠，继续攻克种种技术困境，这种生命热情，深深打动着我。

最近重看贾曼的书，他是英国的前卫导演，当得知自己罹患艾滋，只能存活几年之后，他去买了一个海边的小房子，精心栽培了一个红飞翠舞的美丽花园。

他是如此深爱色彩，在他的回忆录《现代自然》里，缤纷的视觉化语言，俯拾皆是："万物都渴望雨水降临，开着紫花的牛蒡浑身无力，灰苔如同我脚下的泥土一样剥落。唯有金黄的泽菊和闪亮的蛱蝶，一起庆祝着这长长的夏季。"甚至对人也是："霍华德是紫色的，他穿上紫罗兰色的衣服，好看得无可挑剔,他是唯一能把紫色穿得好看的人。很少穿，但穿上就很动人。"贾曼的色彩语言极其丰富，我在他的书里，还学到了新的色彩术语，"布伦克兹克绿"。

我一遍遍地翻看《贾曼的花园》那本摄影集。花园位于一个突出的海岬，靠近核电站，海水被石油污染成黑色，刮着咸湿的海风，侵蚀性的盐雾，更别说空中飞舞的毒蛾、花园里横行在燧石间的刺猬和老鼠，它不是莫奈的那种爱德华式花园，那是甜蜜生活的注脚，它也不是梅萨藤躬耕其中的花圃，那是写作之余的精神休憩处，它更不是中国园林式的修心所在。

这个园子的特质，不是友好的邀约，而是对峙的张力：紫罗兰和紫甘蓝盛放的土坑，其实是二战遗留的地雷坑；犬蔷薇的攀援架，则是战时防坦克的铁丝围篱；红色罂粟花、银香菊和蜡菊、金盏菊和紫草之间耸立的，是一个死去老妇的长椅。而最大的对比色，则来源于贾曼本人：一个慢慢被蚀空生命的艾滋患者，和花种得越来越多、日益绚烂的花园。

我反复想象着贾曼，凌晨四点的医院，死去的病友身边，他奋笔疾书，几千字几千字地写，死前，他几乎丧失视力，被黑暗吞噬之前，贾曼终于完成了一本关于颜色的书——《色度》。在他的视网膜上，最后成像的，是这个明亮得几乎刺破天地的花园。

我又看到了那个在北魏年间，漫天黄沙中，用骆驼千里跋涉扛来的青金石，为菩萨画上背光，满脸虔敬的工匠——

人类亘古渴望光明和色彩，无论死亡的幽谷多么阴暗，也要顽强地在天地间留下一点生命的璀璨。这是人所能有的尊严和努力，而我这篇文章正是为此所写。

简单生活

这个世界，越来越让我感觉到“满”：打开手机，各类付费或免费的知识、信息、新闻，某宝的促销广告铺天盖地，扑面而来的热腾腾的物质气息：当季的裙子，新款的化妆品，步入式衣橱，层层叠叠的鞋子，拉出来成排的口红，满是绿植的家中，日系清淡风、北欧极简风或是美式豪华风的各式家居用品错落有致地陈列着……这一切，笔直地指向美好而整饬的生活，似乎只要你下了单，一切美好的人生，即刻在你面前展开。

而随着这“满”，又慢慢生出了心里的“空”，在手机上浏览半个小时，关机后脑子里仍然是空空如也，趁着节日之名而来的各类消费契机，将橱柜塞满，心仍是空虚的。而当这些被过度鼓吹和煽动的购买欲，远远大于生产力时，就会成为致命的诱惑，“校园贷”之类的故事，在这个时代层出不穷。

有时，我不明白，人类为什么要占有这么多的物质，在短暂的消费欢愉之后（也可能只是“确认购买”那个点击之后），快感瞬息熄灭，转而厌倦，这些匆促生产出来的物质，又为地球制造了更多无法降解的垃圾。它们污染了纯净的雪山、沉积在鱼类的胃里、胶住了鸟儿的嘴巴——还不如动物来自天地，又将自己还给天地。

人类模仿生物代谢的方式，可能是二手市场：现在有了卖二手书和衣服的网店，把闲置物品放生，重新流通，让它们获取新生，无须再盲目生产和积压，这是对资源的爱惜。对流浪猫狗，以收养取代繁殖，让现存动物获取更高的生存质量，这是对生命的珍视。

设计师伊姆斯曾经对消费热提出过解决方案，他说的是：追求“新渴望”，也就是说，这东西的价格必须是通过真正的努力（而不是花钱买来）……比如，学看地图、学说中文、学骑自行车、画出数学函数图表、了解一座城市，而这些事的重点在于，这些领域的“货币”是你的能力，让自己全力发挥，达到完美境界。这就是以“内消费”代替购买，不是去花钱，而是调动内在的能量，付出时间和努力，提升能力，通过这个内化的过程，获取满足。

梭罗在《瓦尔登湖》中说："我愿意深深地扎入生活，吮尽生活的骨髓，过得扎实、简单。把一切不属于生活的内容剔除得干净利落，把生活逼到绝处，以简单最基本的形式，让生活回归到简单，简单，再简单。"为了证明人不需要那么多物质，他带进瓦尔登湖的，只有极少几件随身物品，而另外一方面，他又是个极其丰富、终身热爱学习、热衷创新的人，他不但改进了铅笔生产流程，还发明了一种葡萄干面包，他是个工程师、产品设计师、植物专家，梭罗的理念正是全面调动"内消费"，以获得完整的生命体验。

很多美好并不需要花钱买，美国有个植物爱好者，写了四十年的文章，都是关于树，她还有树友，两个人联系的内容就是谈树："檫木开花了！""后院的变化太快，我（拍摄）都跟不上了。"春天在美国的挺进速度，是每天北上十五英里，所以这两个不同省份的人，要在两个星期后，才能同步眼前的风景。

我自己住在顶楼，楼下的树长了很多年，终于抵达了我

的窗口，每天观察它的树冠变化，让人乐在其中：背面的树叶比正面的要阔大些，因为这是它们的太阳能吸收板要靠它争取阳光；每种树的叶子也不一样，前窗的马褂木是单叶，爽朗利落，还有棵紫楝是双复叶，枝叶结构繁复鲜丽。

每年春天我都很忙，要去探望很多的老友，也是树友：中山植物园一棵浑圆硕大的朴树，古林公园的一株混植在紫藤里的大木香，枝叶披离地从空中悬垂下来，像一道花的瀑布，午朝门前的两棵华丽丽的绣球荚迷，台城附近的几树明艳的辛夷，那种春阳下挂在枝头的绯红，一旦委地就会失色，浦口公园的几株腰身合抱的大水杉，皮最喜欢仰着脸拍它们树冠合在一起的样子。还有的老朋友，走着走着就散了，比如绣球公园那棵巨大的樱花树，我总喜欢带了寿司去树下野餐，后来它被移走了。

《人生果实》里的那对老夫妻，其中的那个老太太，她的消费观我也喜欢，她刚结婚时，因为老公薪水不高又爱玩帆船，家里几乎没什么余钱，她就慢慢攒，每个月去买一件真正喜欢的珍品，一个杯子，一个盘子，爱惜地使用，享受着真正使用着心爱之物的快乐，一直到她女儿出嫁时，那些珍品还是完好无损，它们又成了有意义的传家宝，被拿去做了陪嫁，时时陪伴在出嫁的女儿身边，“让离开家的女儿，就像看见妈妈一样。”这才是物质的真意。而如果是潦草地获取和抛物，就不会得到这种深刻的满足。

灵魂喜欢放声歌唱

今年特别喜欢的几本书中，有一本是个动物园饲养员写的，书名叫作《动物园的生死告白》。先说说这个饲养员，他叫阿部弘士，是北海道人，出身、学业都相当普通，一个市民家庭的孩子，也没考上大学。但他热爱学习，对世界充满好奇心，在舅舅的钢铁厂里打工，他也常常去图书馆看书，一到节假日，就骑车到郊外去，带着速写本，四处写生。有次他无意中看到一本自然文学书，然后就萌发了去动物园工作的心思。接着他就去了！

动物园的活，他干得津津有味，但其实非常艰苦：每天清晨即起，打扫动物的笼舍，用大菜刀切菜供大量的动物食用，给它们洗澡、喂食、清理粪便，准备室外活动场地（那里是北海道，常年要清雪化冰），他常常要干到晚上八点。还得冒生命危险工作，大象太郎牙根发炎、心情烦躁，把饲养员给戳死了。动物园的工作氛围，是粗砺的，管理员们用给动物做菜剩下的白菜做味噌汤，在取暖的大火炉上烤土豆吃。午休时间,正专心观棋呢,耳边突然飞过一把菜刀,呃，不是凶杀案，只是一个饲养员拿菜刀砍墙角的老鼠而已。

这样一个又脏又苦、高风险的工作，他却乐此不疲。

他爱动物，悉心考虑它们的需求，不怕打扫的麻烦，他把动物的居所从水泥地换成了泥巴和草地，让它们像在大自然里一样。但无论怎么尽心照顾，饲养员还是会说："动物最有光芒的时刻，就是越狱成功、逃出笼子、重获自由的那一刻。"

每个动物都不一样：猩猩最接近人类，常常看到它们欣赏黄昏落日的背影，其他的动物没有这个哲学家动作；水獭很调皮，会偷饲养员的钱包；大象的爱意比较内敛，在饲养员背后朝他扔雪球；西伯利亚狼约翰，在它的爱妻梨香死去以后，恹恹不振，但这只狼，一直硬撑着停滞在弥留状态，它是在等待常年照顾它的饲养员出差回来。那个饲养员一回到单位就赶紧去看这只狼："约翰，你还好吗？"狼看到了想念的人，心意已了，很快死去。就像人类，老夫老妻往往也会在失去对方的短时间内，相继离去，并且会留着最后一口气，等心爱的孩子到了床前，再咽气。

除了医院，动物园大概就是离死亡最近的地方了。有个新人，每天精心饲养可爱的小兔子，还给它们起了名字，阿部宏士一想，坏了，忘记告诉她，这兔子是喂老虎狮子的活饲料。最后小女生哭了，但也从此理解了死亡的意义。狮子老虎在自然界的生存率也不是很高，同样要经过物种淘汰，因为它们的存在，才使食物链保持健康完整。在日本某地，因为狼群被大量捕杀，鹿群失去天敌，繁衍过度，把草皮全啃了。所谓的热爱生命,就是对大自然的天然秩序的尊重。死亡，也是要感谢的。每年夏天，饲养员们都会请来神社人员，在动物的灵碑前念祷文，动物死去时，得知消息的市民，也会带着花来告别，就像对老朋友一样。

饲养员常常要撰写事故报告，为了方便阐释场景，阿部弘士就会把事故现场画出来。由此他被挖掘了绘画才能，改行做了绘本画家。六十多岁的时候,他还是每天创作不懈。他说，之所以画画，是为了曾经触摸过的生命，要把它们画出来。而我钦佩的是，无论是在钢铁厂搬钢筋（“感谢辛苦的劳动锻炼了我的体魄”），还是给动物打扫做饭（“原来世界还有这么棒的工作！”），他都是那么兴致勃勃，原因何在？用他自己的话说，“永远不要收起那根兴趣的天线”，灵魂一直在路上，寻找并接收有趣的东西，无论是画画、读书还是养动物，最后，它们都变成了灵魂的放声歌唱。

这本书，用极为简单的、我家皮这样十岁孩子都能看懂的浅显文字，阐释了死亡、自由、爱这样深邃的生命主题——我很喜欢看非专业作家的书，看他去素笔白描自己的思想和生活，职业化的文字工作者，往往有种不自觉的技术化，文字类似于精加工食物，加工的调味已经远远覆盖了食物的原味，而我更希望能接近粗糙无添加的原材料。

我发现，自己所有的文学理念，全部是被非文学家给阐释了的。当看到隈研吾说“建筑不是一个孤立的房子，它是关系，与自然的生动关系”时，我想，这就是文学啊。文学绝非耸立在精神地平线上以供大众仰望的冰冷的理论架构，它是温热生活溢出的汁液，是带有血肉和温度的活体啊，简言之，就是一个与生活的生动关系。

然后我又看到阿部弘士谈起他自己画画：“我喜欢‘描

绘’，它和抚摸动物的感觉很像，小时候，我喜欢在大自然里抓虫子、捕鱼，喜欢待在有动物的环境里，因为我喜欢触摸生命时的感觉。”我看完这段话，愣了半天，从来没有哪个文学家，这么精准地道出我阅读写作的力量和动机，就是拿文字去抚摸生活和他人。所以，那些走脑不走心、既不牵系生命体验、也不动用情感能量的文字，从来不能打动我，我感觉不到那个手心的温度。

不，我理解的文学不是这样的！文艺是人人皆可亲之、为之、乐之的东西，每个灵魂都有它的歌声。我特别喜欢一个菜场摊主，常常到他家买菜，他的观察力和语言能力很好。那天我买了一个冬瓜，他拍拍那一排几个冬瓜，笑眯眯地对我说:“你看,它们几个是一家的,都长得膀大腰圆！”我一看，真的，这几片冬瓜，是同一个瓜上切下来的几截，腰围和身材都很接近，他那个形容词用得特别好。这是普通人的诗心和诗眼，我热爱的文艺，也是在这个层面上的。

清晨的空气

尤娜和玛丽，是两个女人，两个上了年纪的女人，两个女艺术家。她们是恋人，在同一幢房子里，有各自的工作室，中间隔着大大的起居室，互不干扰，但可以遥遥相望。

有很长一段时间，她们住在一个海岛上，尤娜写作、画画、造船，放空枪警示不法来客，去远远的岛岬，捡来漂流木，顺手做成小小的木雕，玛丽则为书籍画插画、回复读者来信、拒绝无聊的邀请、烤面包、买日常生活用品。

她们一起听暴雨来临前的轰轰雷声，一起在窗口欣赏浓雾下的港口，一起出海下网捕鱼。每到傍晚，尤娜就拉起窗帘，玛丽拔掉电话线，两人开始看电影。她们收集了很多录像带，家里有个很大的木头柜子，是尤娜做的，专门用来放电影录像带……严肃醒世的法斯宾德、酷爱景深镜头的雷诺阿，还有充满了勇气和力量感的西部牛仔——那是尤娜的心头好。

两个人都喜欢旅行：坐灰狗穿越美国，坐船去日本。尤娜爱沙漠、雪山、墨西哥的游乐场，玛丽则喜欢到处看蜡像馆和墓地，她们一起收集奇形怪状的鹅卵石，在酒吧里录下自动点唱机的歌声、酒客叽叽喳喳的聊天，还有收银机的声音。

两人都是录像迷，带着摄像机到处拍街景，归家后，两个人并肩看一起旅行过的地方和度过的时光。每当那些路遇的风景出现，沿途的声音响起，那些好时光，就回来了。

像往日一样，这份工作自然也有分工：尤娜负责拍摄、剪辑、配乐等艺术制造过程，玛丽管着购买胶卷、驱赶围观群众等事务,以便尤娜专心工作。尤娜兴奋地对玛丽说:“你看到那条鲨鱼了吗？”玛丽很沮丧，她一心惦记着即将耗尽的胶卷，根本没顾上看鱼。回家以后，尤娜默默地把录影带放给玛丽看：“看，鱼就在里面。”

书里充满了这种微妙的抒情，暗香缓释，美极了。类似于任何一段感情，这段关系里，也有他者的介入、危机和共度。尤娜和一个年轻的女学生性情相投,天天黏在一起工作,玛丽再也不来工作室了，温和淡然的玛丽，有天突然想看她从来不爱看的凶杀片了（心里也在磨刀霍霍吧）。等女孩子走后，尤娜想做版刻了，说是她想起了自己的青年时代，又有了新的工作热情。一场隐隐的情海风波，就这么无痕地消逝了。而它只是发生在眉间眼角，从未被说破。

她们有共同的孩子，就是尤娜的作品。玛丽是第一个阅读者和编辑。她冲进尤娜的房间，喋喋不休地说着自己对作品的意见，尤娜愤而转身进厨房冲咖啡，准备发作了，她想："干脆让她来描述我一下吧，看看她自己的写作能力，有没有资格来评判我，她会怎么形容我呢？脸很宽，鼻子大咕隆咚？"她回到起居室对玛丽说："来，玛丽，你描述一下我吧。"玛丽愣了一下，深情地说："首先我会描述你的耐心，你的固执，你是一个只做自己喜欢的事情的人，你的性格配上那短短的脖子，会让人想起古罗马的帝王……"尤娜顿时转阴为晴了，"来，我们继续修改。"

我看得都笑起来了，好甜蜜的情戏啊，没有一句表白和争吵，甚至当事者都不知情的时候，情绪的毒素就转化成了蜜糖。

这本书里的生活，虽然属于两个老太太，但它充满了清晨的空气：清鲜的海潮香，不断探求未知领域的明亮的好奇心，天天策划旅行路线的兴致勃勃、探讨作品的热烈。每一个日子都那么簇新，在前方冉冉升起——玛丽回复一封读者来信，信来自一个年轻女人(也已经有五十了，但对尤娜和玛丽来说，算是年轻的)，那女的对一切毫无兴趣，想知道生活的意义。玛丽说："我想对她说一些小事，比如春天就要来了，把水果摆在好看的碗里，或者，一场暴雨正在靠近……"

其实，我想说的，是"老"这个问题，在这两个七十多岁的老太太身上，我完全看不到暮气。解决问题的枢纽，应该就是这本书的第一句话："尤娜有一个幸福的特质，她每天早晨醒来的时候，都仿佛想要迎接一段新的生活，新生活引导着她，勇往直前地冲向夜晚。它洁净、不可捉摸，没有往日的忧愁与得失。"

这样的老年时光，即使没有婚姻、子女，又是何其丰富有趣。生命的活力并不完全以年纪来划界，而是依据内心的活跃度、对外界的好奇心，那是一种生命力的浓度和热度。

书的作者，是托芙·扬松，"姆咪"的创造者，这小说应该是取材于她与同性恋女友的同居故事。

气味的诗人

常常在淘宝上逛香水店，不是买，是看买家秀。同一种香水，每个人的穿香感受，都不一样，比如有一款热门卢丹氏，A 说是上等精致信笺的纸香，B 说是像在教堂遇见了白衣女，C 说是焚香之后的烟气……这些描绘官能的、非常直觉化的文字，我看得津津有味。

气味和情境相连，比如，常态下，我比较排斥皂香，觉得是一种过于直白的清洁感，但是穿白衫时，就喜欢用像“GRACE”这种皂感强的香水，像是有人在背上拍了你一把，立刻就会打起精神，挺直腰。但是一个人时，对着世界的拳头松开了，就会用甜甜的樱花，它是递给精神的软枕头。

气味也与四季相合：云天收夏色，木叶动秋声。初秋，就会把夏天用的绿橘香水换成松香，尾调是甜甜的松脂味道，像穿过秋天盛大阳光下的松木林旅行，带着旅途中那种微甜的感伤，和旅人明亮的好奇心。穿香，就是穿过生命中的幸福瞬间。

香水号称第八大艺术，事实上，所有艺术都是用某种材料经媒介、语法组合，用以表达自己的理念和灵感、总结阅世心得（所以，有些香水是以小说名字命名的，那正是它的灵感来源，也是指导穿香者理解和使用，香水不是香料元素的简单堆砌，而是经过巧妙的组合和烘托，有主角有配角，好的调香师，往往用少少几种元素，简单扼要，直击重点，表达能力很好，就像优秀的作家一样）。有一些香水，甚至不是我们日常提及的“香”的那种愉悦感官的范畴，它是对官能愉悦的冒犯和逆行，就像一些小说的风格是尖锐刺人、不让读者躺在惯性思维里懒洋洋地休息的。

在小说里，我对十九世纪末二十世纪初那批作家始终情有独钟，可能也和这类描述能力有关，彼时是写实主义文学的巅峰期，随便翻一段托尔斯泰或契诃夫，那就是直接走进了庄园、草原、充满了汗味和皮草味的小酒馆，遍地都是这种枝叶丰满的描述性文字。这个传统也保留在移民作家中，看纳博科夫和布罗茨基的书，哪一本不是活色生香，充满了对水的气味、雪的触感之类的描摹。对了，纳博科夫是有通感的人，能从字母的音调里感知出颜色，纳博科夫的耳中的“C”是蓝色的。

官能之间可以打通的，也能互相串门，而且，一种官能的关闭，可以打开另外一扇偏门，不信的话，你去看看又盲又聋的海伦·凯勒写的日记，里面有很多这种表述：“嗅觉是无所不能的魔法师，能带我们跨越千里，回到往昔时光。果实的芳香带我回到南方的故里，回到我在桃子园里度过的无忧无虑的童年时光。其他的气味，转瞬即逝又难以捕捉，却使我的心因快乐而充盈、因悲伤而收缩。正在我想到各位气味时，我的鼻子里也充满了各种香气，从而唤起了逝去夏气和远方秋收田野的甜蜜回忆。”

还有一个女调香师，她开了一个气味展，每个莅临展厅的观众，都可以根据一张纸条，也就是文字的线索，去寻求某个香气源头，一个对应的香薰蜡烛。比如“一种紫光晕潮湿的木质调”，又比如“一种松针叶上的乳状气味”。据说，许多人都顺利地找到了。

还有个调香师，她解释香水的调制，是像作曲："你先得有个简单的香味，由两三种成分所制的简单和弦，然后你把许多多余的和弦合在一起，就成为一个大的现代乐团。相当奇怪的是，创造香水与作曲一样，因为要找到'恰当'的和弦，这是相似之处。你不希望有什么地方特别强烈，而是希望它和谐悦耳……如果香水没有层层配好，就会零零星星突出，使你不舒服。"

可见，缥缈的香气，可描述，可具体，可听可观，眼睛、耳朵、脚底也可以长出鼻子。

最近看了一个男性调香师的日记。他是爱马仕的香水师，出身于普罗旺斯的香水世家，家中世代制香。他的文字风格，非常法国：温热的肉感、耽欲、享乐、低纬度性格。

我对他的工作方式很好奇，我在照片里仔细看了他的工作室，有几个装着香精素材的瓶子，一堆笔记本用来记录制造灵感，修正完配方，就给助手去制作试样，几款试香棒，不能多，多了会产生气味的噪音，干扰工作，同期一般不会超过四个主题。工作室的窗外，是地中海。即使在全神贯注的工作中，不抬头，那海潮的清香，也会让他记起，那海环绕着他。每次出差回到工作室，像一堆老同事一样亲切地和他打招呼的，是满室被关住的香气，正在实验状态中的某款香水。

他喜欢享受生活，工作累时，他就去边境的意大利逛菜市场，嗅到一股迷人的梨子香，立刻萌发了创作灵感，想去制造一款凛冽又清脆调皮的香。他也喜欢浮世绘，东方水质的色彩给他启发，他喜欢挂在屋子里的中国书法，那遒劲的线条打动了他，他直言自己的香水搭配技术和塞尚的光影处理方法一样，他喜欢夏雷的轰轰声，他喜欢雨后草木新鲜的葱茏感，他喜欢爵士乐七彩缤纷的音色，他喜欢意大利语琳琅错落的音节……

他爱读书，总是随身携带着吉奥诺的书（我带着皮看过吉奥诺的《种树的男人》，很法国的作家，离感官很近，擅长描绘）。而香水师则说："让我调配一款花园香水，无须送我去那里，只要给我描写出来，我就能想象一个花园。"

如果香水也有文体的话，无疑，他不是香水小说家，他不喜欢繁复的素材搭建，总是精简材料，近乎白描（这点，迥异于浓烈强势、气味丰腴的卢丹氏香水）；他不是香水散

文家，他不会直接写实地把原材料复制成香水——他最怕囿于刻板的印象之中，他想还原的，是诗意的情境，所以他随身携带的那本嗅觉日记本，往往是记录了与某种气味相逢时的场景。

他是一个香水诗人，诗歌这个文字体裁，有与现实底纹的错位、飞翔般的语感、留给读者想象空间、余韵和留白，等待读者自行解读。这才是他。假如说作曲家是听觉的诗人，画家是视觉的诗人，他这个香水师，就是嗅觉的诗人。他的工作方法，也非常像写诗，一方面，是游历四海，丰富官能体验，等待灵感无翼而来，一方面，不断锤炼炼香技术，他对所有香味的化学合成配方都倒背如流——如同诗人用精妙的文字打捞意识深处一闪而过的灵感，香水师一旦想制造某款香气，就能用化学方式捕捉那灵感，比如丁香就是苯乙醇和胡椒醛、吲哚伴随少量的丁香花苞精油。

他在印度的山丘旅行，途中遇见一家园艺店，花盆里种着当地的植物，抽屉里收满了蔬果药草的种子，这时他遥遥望见露台上有蓝色鸢尾花，于是恳求店员割下根茎给他，他小心地用卫生纸抱起花球，以塑胶袋保湿，带回法国种下，于是，这种花，每一年都会开放一次，它耐心地，在夏天，异国的阳台上，对着晴日绽放，从不爽约……这个调香师也会用数年光景，用等待一朵花开放的耐心，反复删改、调整配方，道出属于这款香水的暗影和清新，达到满意的气味表现力。他是香水匠人，也是艺术家，有种说法是：所有的艺术家，都有一双鸟之眼，加上一双虫之眼。前者俯瞰世界，具有活泼的好奇心，以广角观察万物，后者耐心专注地研究细处。他正是如此。

吃土的日子

日本作家水上勉写过一本书，日文名字直译就是《吃土的日子》。书的缘起是一群杂志社的编辑，怂恿他在轻井泽的山庄里住了一年，利用手边的现成材料，也就是地里应季采集的菜蔬水果，依照他小时候在寺庙里做小和尚时习得的素菜烹饪方式，去写些食记。

在写吃食时，引经论典，在写作中是很常见的，水上勉的特别之处，是他写吃的时候，引的是禅宗故事，并加以诠释，在饮食中悟道——他九岁就到寺庙出家了，性格成型期是在大师兄和住持的精神塑造中。师父并不是成天传授佛学典籍给小孩子，而是在微小琐事中指导他。

比如洗完脸，大师兄会说："怎么可以把洗脸水随便乱倒？应该浇在树根上。"他一放学就要去寺庙帮厨，洗菠菜时，顺手扔了那个被很多泥巴缠绕的、很难清理的根部，住持就走过来说："不要把最好吃的部分扔掉。"寺院的生活非常俭省，每次客人来了，住持就对他说，去地里看看，能弄出点什么菜来？水上勉就去地里采摘，与土地磋商，即兴发挥出待客的菜式。

他的菜谱也简单，很少超过五个程序，取材也不高端，但是手法充满了惜物之心，他几乎从不提起师傅的传道，倒是记得住持教过他很多做菜的细节，这是与生活相连的鲜活记忆。比如寺庙做梅干的手法很细致：雨季淋过雨的梅子采摘下来，还要等着配它的紫苏慢慢长好了，一起腌制。在七月最热的日子里晾晒，如果受潮了，就得全部用梅汁重新擦过再晒。

禅宗的修行就是：具体入微。把一根萝卜的各个部位都物尽其用，细细理出，做出美味的食物，这就是精进。不同的风土，会长出不同滋味的食物，轻井泽水上家的萝卜，特别辣，有股浓重的萝卜气，这是因为轻井泽的土地深情地改变了萝卜的质地。而这种萝卜的个体意志，也必须好好地尊重，吃的人应当细细品尝。

他还说起一个故事，日本僧人到中国求学，看见一个典座（寺庙的高级管理人员，负责僧众的衣食等杂务）走了三十多里的山路来买香菇，僧人很吃惊：“你这么大的年纪，怎么不在庙里坐禅辩道、思考公案呢？”而典座作为采买的厨师，尽心致力于服务僧众，心无旁骛，这就是“道”。

一月，所有的植物都在休眠，只能用菜干和豆腐做菜。一块微不足道的豆腐，要洗了又洗，用海带酱油汁慢煮，一边看书一边候着，把滋味都煮进豆腐。食材没有高下之分，最低贱的土当归这种野菜也能让人尝出土地的味道。水上勉出生于一个贫苦的木工家庭，父亲每天都要进山伐木，带的饭盒里，菜只有大酱和盐，然后父亲会在干活的地方周围，即时寻找土当归或是楤芽果腹，这样简素生活着的父亲，却活到了八十五岁。水上勉小时候觉得父亲很寒酸，可是写着这本山中伙食书的水上勉，半生已过，已然明白：真诚品尝食物的舌尖，才是最高贵的——通过对食物的回忆，他与土地，与父亲，与过往，达成了和解。

四月，高寒地带的轻井泽，迎来了春的萌发。穿着高筒靴，仍然能感到泥土的寒意逼人，在水湄旧处，往年收获芹菜的地方，准时长出了芹菜。这突破冰雪、信守生命诺言的绿叶，让人感动。

七月，是山椒的季节。他的外祖母，则是靠吃着罐子里腌制的山椒，活到了八十三岁。在轻井泽的厨房里，煮着山椒做早饭的佐餐小菜时，水上勉会想到这个腿脚不便、卧病在床、靠替人传话维持生存的山村老妇人，每天，她把筷子伸进罐子里捞腌山椒，吃得美美的、总也不厌的样子。食物除了有酸甜苦辣咸的五味之外，还有第六味，叫作“余味”，就是吃了还想吃的味道，外祖母是深谙山椒第六味的人。曾经滚动在外祖母舌尖，如今又滚动在水上勉舌尖的山椒，成了他思念外祖母的食媒。

看着看着，我会想起烟尘之后的古中国，“六月食郁及薁，七月亨葵及菽，八月剥枣，十月获稻，为此春酒，以介眉寿，七月食瓜，八月断壶，九月叔苴”，也是这样的与土地息息相连的，循月而至的简朴生活。

我顶顶喜欢的事，就是一边看书，一边和妈妈拉家常，摊着一本书在餐桌上，同一张桌子上的另外一角，妈妈在剥白菜：她先把白菜叶子扒开，再把梗子和嫩叶部分切开，前者需要先下锅，后者易熟所以后下锅。最外面一层已经黄掉

的叶子，妈妈也不会扔掉它，而是拿它包住剩下的菜心，算是一层保鲜膜，免得菜心枯萎。我对妈妈讲一些书里的内容，妈妈不是很懂，但也认真听着。我告诉妈妈："你就是水上勉这本书里说的'道'的活人版啊！"妈妈爱惜食材，有真诚而朴素的尝味态度，耐心又温柔地对待最平常的食物。而和她在一起，哪怕过着最简单的家庭生活，吃着青菜豆腐、萝卜白菜这样的粗茶淡饭，我也觉得满足安宁。我对妈妈，就像水上勉对初春的第一丛破冰而出的芹菜那样，充满感激之情。

心法要在世间修

赤木明登在年轻的时候，是一本女性刊物的编辑，工作非常繁忙，明天的任务表都排得满满的。在媒体做事，看似过着非常酷的生活：看展、喝咖啡、和朋友在画廊聚会、做各种选题，然而在这紧锣密鼓的高速运作中，他却感觉内心的小我是孤悬的，踩不上节拍。他也看不到生活本身，有一次，当他例行和客户喝酒到半夜，社交完毕，深夜大醉而归，他看见妻子在静静地哭泣——洗澡、大扫除、做饭、一家人无所事事地发呆、一起吃饭睡觉这种最普通的事，最基本的“生活”，在这个忙碌奔走的白领之家里，都没有。

深夜的噩梦里，他反复梦着一个记忆深处的场景：他上幼儿园时，老师让大家做跳操，动作不达标的，就留在原地继续做，小朋友一个个散到外围了，而他，是那个迟迟不能做出标准动作，留在老师面前，集体里突兀的那个错位之人，是那个踩不上节拍的不和谐音。

他想离开浮躁且远离内心声音的生活，找到真正的生活核心，就去做了漆器师傅。

他到了远离文明都市的能登岛，首先要安家，朋友开车带着他看房，那些装修很好的、很齐整的房子，他都没有眼缘，而是一眼相中那间破败的、连天花板都塌掉的房子，这样的房子，他就可以动手修整：装水管、涂墙、搭架子，一步步建造家园。这个破房子，才有他能动手去做点什么、去搭建一个家的发挥空间。

在能登，他拜师学习漆艺：下地、裹布、上涂，一个个环节上手反复实操，直至熟练。他第一次看到漆树和它伤口中流出的汁液，那汁液让他严重过敏，皮肤溃烂，流出脓水，肌体肿胀走形，连走路的腿，都弯成了O字型。也是在能登，他第一次认认真真地看到了四季：春天最初开放的是白色的辛夷，然后是黄水仙，之后才是粉色的樱花。

漆艺师的收入不高，最初五年的学徒期更是只能拿点象征性的零花钱。而且，常年在阴暗的工作室盘腿做活，为了活络筋骨，也为了改善生活，闲时，赤木明登会在春天的海潮里，找海带芽来煮小火锅，去山上采蘑菇，去海边钓鱼沾酱烤了吃。有一次饿到山穷水尽，结果发现好心的村邻在他家门口放了一袋大土豆，解了燃眉之急。

他老婆，赤木智子，曾经的画廊工作者，到处约人开展的新潮艺术青年，如今的主妇，也是个喜欢用手的人，她酷爱用手剥豆子，毛豆、蚕豆、豌豆、甜豆、菜豆、豇豆，每次剥芫去皮的时候她都很快乐。有次她朋友的婆婆说，“你的手还不够美味”，她想起这话，就舔了下自己的手——丈夫用手探求自我，她就用这双越来越美味的手，以简单的应季食材，放入少许调料，把最小限度的调味用出最大效果，保留食材的原味，不做多余的加工渲染和调味，亲手做出各种清淡却滋味鲜明的家常菜。家里的开销很少，大人小孩吃剩的东西，再去喂山羊，连水都是山上引的，可是他们却有着在都市生活中从未有过的踏实满足。

甚至在文章里，赤木明登也喜欢描绘“手”：形容漆艺前辈角伟三郎“是个依赖触觉的人”，说他混熟了就会用身体接触别人，像只小狗一样蜷着身子笑，一见面就用他的大手去握住别人的手；赤木明登也能从一个人背影的肌肉线条和手的形态中，看出“这是个匠人”。

他喜欢手。她也喜欢手。

赤木明登想做的是日常漆器，就是不做那种华丽的莳绘作品，而是最日常的使用之物。我看了他的作品图册，食器很多：小小的酒杯可以随身带，高座饭碗，温润的涂漆，可以让嘴唇接触汤碗的过程变成温柔的触觉之旅。他的儿女从小就使用他做的漆器，比如上课带的便当盒。他并不觉得让孩子用高价精贵的东西是一种奢侈欣慰，也不担心漆碗会给孩子弄坏。他说：“递给孩子一个用心做成的碗，告诉孩子‘要爱护它哦’，孩子自然会加以小心。由此，从吃饭到日常生活也会慢慢变得细致起来。这时，这个漆碗就已化作了这个孩子人格的一部分。”

每天使用美物时，都能感觉到“手真幸福”，这微小幸福的积累，慢慢改变了时间的质地。器物在被拿来盛饭装汤的过程中，盛开出生活本身的丰饶，使用者内心收获了踏实的满足感。漆本身有粘补功能，在小心的养护之下，可以使用很长时间，和使用者结成亲密深厚的情感链接。时光流逝，“物”已经成了温暖的家庭成员。

没有为了创作的意义感，他的作品就是拿来吃饭的碗、装汤的碗、喝茶的杯子、陈列餐具的盘子，每个设计，都不是为了体现创造者的“我”，而是顾及使用者的“我”，照顾他们的使用体验。这些器具，它们通向生活本身，它们等同于生活。那些先锋创造者念念不忘的“小我”，为意义而生产的意义感，像灰尘一样被擦拭掉了，呈现了明亮的生活本体。把创造者内心拼命想绽放和显摆的小我，压到最低点，只安静地传递出漆的温润本色。这是赤木明登的制漆理念。

这就是修行——为什么我近年来看了大量的工美、建筑、民艺书？因为被那种“把理念做出来”的方式所打动。比如赤木明登本身就是哲学系出身，却没有关在书房里去“思考”“阐述”大量的抽象概念，用理论去隔绝真实的生命经验，而是选择了用“手”去体悟这个世界，舍身浸润于具体的生活，获取真切的实感。赤木明登和他老婆的书里，有相当的篇幅是菜谱，其实这个和他的漆艺作品是一回事：“生活即工作，工作即生活”。辛苦干了一天活之后（不管是涂漆或晒鱼干），他就很快乐——当你真实、贴切地投身生活之后，生命的意义自现。但如果把生活关在门外，仅在脑海里生产些隔岸观火的理念，那就永远得不到意义。

心法要在世间修。

夏日六章

一

6 月 25 号，翻翻笔记，今年已经买书（加上电子书、朋友送的、图书馆借的）共计二百四十本，不是全部看过，有些是查章节资料，有些是泛读，有些则是看看厚度，已经望而生畏，至今尚未拆封。

这种阅读密度之下，此消彼长，自然写得就比较少。并且，我预计，这几年都会比较低产，因很多感兴趣的东西，尚处在学习阶段，还不能发表成熟的观点。我产出比特别低，我很少在微博、微信这种快速媒介上发表观点，主要是踩不上那个节奏——收集、整理资料、核实数据，相对于发言，思考是一个缓慢的过程，等我想到位，觉得有把握说点有意义的话了，热点新闻，早摆凉了。

对我来说，读书的欢乐，不是在发表、夺人眼球和博得掌声，而恰恰是在途中，就是那个登山的过程。学习，是步步换景、其乐无穷的。每次，想到第二天要去攻克一个新的环节，晚上睡觉都是兴奋的，有时，为了某个知识点，专门订一本资料书，收书前，就高兴起来，那书，能帮我解惑，一个盲点要被清除了，知识脉络越来越清楚。

在学生时代，我是个常常逃课的学渣，倒是离开学校之后，摇身一变成了学习狂：历史、地理、博物、自然科学，万物怎么都这么有趣呢。我的学习生涯，是在离开校园之后，才开始的。天生就是自学型的人吧，找资料、搭建知识体系、定制和执行学习计划，对我来说，是本能。

我订了几本书，有一本是因为我看北野武的采访节目，里面有个到处走访、考察窨井盖的人，我觉得这个人很有趣，就去买他的书；还见到一个日本女人，她对河流有特殊的好感，她买了一艘折叠船，把它绑在车顶上，在路途中，看见有喜欢的河道，就把船放下，一个人慢悠悠地划过去，在人迹罕至的河流深处，她停下来，看普通人看不到的水鸟。

“作家”“文学家”这类词，我素来觉得和我没啥关系，我在精神内核上的定位，更接近那个专注河流和水鸟的女人。

二

我已经有很多年没怎么看小说了，这几天看《奥丽芙·基特里奇》，到哪里都背着，太好看了……果然我还是天生适合读小说的人，小说的那种表达方式最契合我，就是人生那些艰深的道理，像水溶和脂溶维生素一样，溶解在具体的情节和存在感之中，要靠读者的积极领悟，合作完成一本书的意旨。小说是不附带地图，去一个陌生之地的旅行，这个深埋的缱绻、无序中的理性，实在是我最爱的方式。小说也是最接近生活的文体，生活不是诗歌，它没有萃取，生活也不是杂文，生活不和你讲道理，它只是全盘端出。

三

夜深，手倦抛书，看看窗外，明月已经爬到了山顶，我也准备休息了，再瞅瞅朋友圈发的图文：爱书法的刚练完大字，爱画画的正在涂色，爱动物的刚出去录完虫鸣……我真是喜欢活得兴兴头头的人，我也真的是很爱我这些热腾腾的朋友们啊。

我们家的书，都是大家一起看，我正拿着收到的书，向我妈介绍："你看，这个是我的朋友，她是温州人，写了一本关于楠溪江风土的书，文字很美；这个也是我的朋友，她的书是关于香水的，你看看，很有意思，把感官和故事打通了写的；这个也是我朋友，她是个南京姑娘，搞法律的，她喜欢魏晋人物，就给他们写了一本书，南京人写魏晋，太有意义了，你看看；你再看看这本写萧红的，也很好。"

就像小时候，把小同学带回家玩，给我妈介绍，一模一样。

四

和好友吃龙虾、喝咖啡，只有好朋友，才能在她面前张牙舞爪、大啃龙虾，又庄重地讨论人生哲理，亦庄亦谐。我们倾心而谈，从少女时代一路陪伴过来的朋友，很多东西已经无须铺垫，直接切题，饭后，各奔归处，再见面，估计已经很久以后了。

我发小和我性格迥异，活泼伶俐、擅长交友，繁忙的工作之余，她到处旅行，是个丰富精彩的人。想起来的时候，她看看我的微信公众号，评价几句，然后我们又各玩各的了。所以，才能做几十年的好朋友吧。我眷恋那相知的亲密，更喜欢关系中适度的冷。

种子，在地下悄悄地汲取土壤之力生长，胎儿，在子宫里不被打扰地发育，这就是幽暗中的力量。而那种时时关注、过分紧逼、强光照射、高频交流的浓热关系，一方的自我，被挤压得完全失去了成长空间，破坏掉的，就是这幽暗的力量。人，是靠自我发力的，自我一旦被强势干扰，陷入瘫痪，这个人就废了……十分冷淡存知己，这“淡”，是对彼此及关系的保护。

五

傍晚回家，路过湖边，初夏是湖景最美的季节。很多人在湖边看火烧云，对着紫色的流霞拍照，天边都被烧红了，那红云又流进湖里，散落成绮。我看着一坨巨大的浓积云，在浓绿的梁州上方停驻着，慢慢又飘到了九华山。夏天，是云彩的表情最丰富的时候，不管是赤日炎炎中的浓积云，还是雨前的雨层云，抑或是雨下到一半，积在山腰上的层云，都很美。玄武湖边的水生植物，一向是我所爱，荷花含苞，水竹芋在岸边摇曳，最近又悄悄多了几丛紫绣球和紫色玉簪。我总是停下来，看很久。在这些时刻，生命是值得的。

六

到家了，洗澡，换睡衣，开了一听冰啤酒，打开电脑，继续白天未完成的读和写。先调出背景音乐，把心境切换到工作状态——写东西时，我一般是听《菊次郎的夏天》《温柔时刻》《步履不停》这种清淡的轻音乐。好的伴读音乐，如同好友，既有淡淡的陪伴感，又没有侵略性。

这宁静，没有杂音打扰，但有气味的注脚。裙子的布料上，有似有似无的余香，是昨晚喷的“大吉岭茶”——宝格丽的茶系列，红茶馥郁，白茶像“穿白衬衫的男朋友”，大吉岭茶，则给我一种冲淡的荷尔蒙感，它很像男人留在衣领上的烟臭。这个臭，在幅度不大时，倒不让我有恶感，每次穿这种香，我就觉得：我是我自己的男人。它给我一种饱满而完整，让人心怀感激的孤独感。

平淡之喜

自从皮皮出生以后，我必须要给她做清淡的饭菜——小朋友的味觉，极为敏感，稍有一点刺激性的味道，比如，菜刀切过甜椒没有洗，再去切其他菜，这个幅度的辣味残留，她都能尝出来，然后拒吃。因为有这样严格的软性监督，我无意中就做到了忌口。

几年过去了，我发现自己已经不太爱吃重口的东西了。比方说绝味鸭脖和麻辣香锅，过去都是我的至爱，哪怕冒着长痘的风险都不放弃。现在，我不那么爱吃了。因为，味蕾只能接收到单一层次的信息，比如椒麻，一锅都是椒麻味，不管是鲜虾还是藕片，或者是洋葱；又或许是蒜泥，满嘴都是被蒜味说服、缴械投降的食材。它们早已投奔敌阵，全然忘记自己是荤是素、是白菜还是萝卜了。

就好像在网络时代，信息纷飞，可是大家都活得浮躁焦虑，因为浅表信息会让渴望深层回味的大脑饿着——一打开手机、电脑，满屏都是信息，不是椒麻味信息，就是焦糖味信息（鸡汤文全是焦糖味，甜齁；吐槽文全是麻辣味，标题吓死人，正文辣且冲），总是那么几种。大脑，只能食其厚味，而不能享受精细的“质感”，老是吃不到需要用力思考的、反刍的、有深度的、高质量的精神食粮，它饥渴难耐。

最近整理书架，无意中翻出一本《村上春树 RECIPE》，2002 年买的，当时记得草草翻了一下，心想村上春树果然是关西人，口味淡得出奇。现在，再看这本书，每一样我都想尝试了。食材非常日常,制作过程基本不超过三个步骤……这么多年，我才体悟到，食物，就是要用最简单的烹饪，体现食材的原味和质感。比如黄瓜、西瓜、苦瓜都是瓜，但是它们的含水量、纤维密度不一样，吃到嘴里的口感也有很大的差异，新鲜的带刺的黄瓜，和软塌塌的老黄瓜，咀嚼起来的弹性完全不一样。

当我的味蕾在分辨这些细微差别的时候，我知道它是愉快的。

买日系的衣服，常常会碰到这种情况：明明就那么几个颜色、基本款的衣服，为什么购买页面那么多，选项也很繁复，再仔细看，每件衣服，标注的成分都不一样：有的是全棉，有的是长短棉，有的是百分之九十棉，有的是罗纹棉，有的是竹节棉。而这些质感不同的衣服，无论上身的感觉，还是穿着时款型的持久力，包括把它们扔在床上的形态，都不一样（含麻质料的东西，往哪儿一扔都能帅帅的，而用棉布衬里的麻布包，有种冷傲的麻所没有的、让人感动的贴体柔软，夹在腋下时，分外踏实）。

无印良品的灵魂人物原研哉，最爱白色，他所有的书几乎都是白色的，有人戏称为"白内障"系列。他说，"白色不仅是颜色，更是一种感觉"，即使他使用其他色彩，他也是想表达一种洁净、朴素、简约的质感。而在他的前辈，无印的另外一个灵魂人物田中一光那里，"质感"这个词，更是反复被提及。

喝咖啡也是这样的进阶：一开始特别不能适应那种苦涩，总想加糖和奶，调和掉咖啡的涩度，让它变得清甜适口。方便的速溶三合一咖啡，迅速占领了中国市场，我也成了一个重度咖啡瘾患者——别人想到生孩子的痛苦，都是肉身被切开缝合之类，而我在整个怀孕和哺乳过程中，肉体上最大的苦楚，是不能喝咖啡——害怕咖啡因会伤害宝宝正在发育中的神经系统。那些少了一个咖啡唤醒程序的、蔫蔫的早晨，让我痛苦不堪。

在速溶之后，我开始喝手冲，然后，就再也不能喝速溶了。速溶根本就没有咖啡的质感，只有浓浓的糖精味和植脂末的、人工的一团和气。而纯正的咖啡，能喝出不同产地的咖啡豆，不一样的烘烤程度，咖啡豆配比所特有的充满个性的滋味，甚至香气也有微妙的差别，每杯咖啡，都有自己的气味身份证。

当我的味蕾和鼻腔，努力识别着它们的时候，我知道它是愉快的。

夏天常用的香水，是尼罗河的“李氏花园”，那个做了“尼罗河”系列的香水师艾什纳，去年买过他写的书，这个穿着蓝色和白色工作服（他形容自己是个见习修士）在菜市场把鼻子埋在梨子堆里、在意大利的柠檬园和京都的庭园里、在中国的古碗和酒吧的爵士乐里找寻制香灵感的法国男人，

他曾经形容他想调配的一款香水的特征，用的词是“微茫”。我看到这词的时候，愣了半天，那种宁静致远、暗香萦回、层层推进的质感，就是他的风格。

当我的鼻子，努力地分辨那“池塘的气味、茉莉的花香、湿润石子的味道，以及那李子树、金橘和巨竹的芳芳”（艾什纳）时，我知道它是愉快的。

前阵子，看一个隐居山里的老人写的书，他循着四季更迭，画了很多应季的花朵，并且写了关于植物的人生故事和心得，他直言他不喜欢蔷薇属的花，因为觉得“人造感太强，玫瑰那简洁的构造中培育出的豪华造型，用作切花时比在土壤里还长久的特性，都是为了供人观赏而世代反复改良出来的”。我看他倒是很喜欢在台风天连茎带叶一起倒伏的秋英，还有和樱花性格迥异，枯掉后也倔强得不肯失去花型的绣球。也就是，那种遵循天然的花性、不迎合人类口味的本味和质感，是最美的。

当他看到冬雪中满地的落英，我想，他的眼睛，是愉快的。

我一个朋友说一本书，“有的文字，一看就很有高级感”，这是说文字的质感。美人美在骨，而不在皮相衣妆，文美在质，而不在饰。

当她的眼睛触及这些文字的时候，我猜，她是愉快的。

量杯

人像量杯，越深邃的人，越能量出生命的深度；越深刻的读者，越能量出作品的深度。人类总是拼命追求生命容积（长寿）、体验容积（丰富的生活）、理解力容积（同理心），无非是想让这个量杯大点。

就做人而言，量杯小，人就会流于浅薄、乏味，像迟钝的味蕾、像素低的镜头，这世界对他而言，也扁平无趣。

这几天重读契诃夫，看他笔下的各种小人物，活灵活现的内心描述，好像契诃夫就是他们本人一样——契诃夫只活了四十四岁，可是他在作品中经历了很多次人生，很多人的人生，比他的生命长度多好几倍的人生。他的量杯真大。

就读书、写文而言，量杯小，要么把深的东西解读浅了，要么脑型单调，写出来的文章千文一面……人与人之间的信息、情感、人生境界的对称，并不那么容易。好的作者，不怕遇到高手读者，倒是怕低的。越高段位的读者，越能识别出作者的技术点、掂量出他用的心思。

同一本书，过几年读，感受迥然不同。有的轻到没法读，有的却读出了原来没读出的滋味。这是因为你的量杯加大了。不过，量杯大小，不一定和生命长度成正比，很多人，在某一个刻度，已经僵滞了。

有时，遇到体积很大的灵魂，一时无法盛放。我开始不敢写，细细地做些笔记，把原材料存在那里，慢慢发酵。终于，有一天，鼓足勇气，开笔，可能要写不止一次……一次，两次，三次，慢慢地，最初那震撼我的东西，被百分之五十、百分之六十、百分之六十五的笔力，渐次推进，一点点析出来了。这百分之十、百分之五的进度条拉进，是我在时间中经历的血肉模糊的成长。随着自己的量杯加大，才越来越深地解读对方，并且，能越来越精细地呈现每一个作者独特而幽微的体味……如果把一个喜欢的作者，每隔十年写一次，一定很好玩。

有时，也很清楚，自己把一个深刻的灵魂写弱了，辜负了它。就像厨师觉得对不起他的新鲜好食材，站在那条为他而死却没有成为一盘好菜的鱼面前，心里不住地说，“对不起”，很沮丧。

颜施

去看医生，下午的医院喧闹不止：厕所里来不及清理的秽物，拥堵在大厅里等着叫号的病人，电子叫号器枯燥的声音，一个个焦虑的病人，被诊室吸进去，又吐出来。缴费，检查，办理各种手续。我碰到一个暴躁的医生，他的面前摊着四本病历，我是下午第五个病人，他上来就训斥我（他好像不知为了什么正在发脾气），我脑子突然懵了，思路空白，愣了一下才想起来陈述病情。

又想起另外一个医生，平时看眼睛，我都挂她的号，她特别温柔，哪怕从早晨七点巡房到中午十二点下班，她也会对每一个病人微笑，耐心地问诊。

过去，有个访谈者曾经问过我："你有什么写作习惯？"我说："有，写字的时候，我总会想象面前有一张温柔的脸。"

很少见到质地纯正、朴素带有拙意的温柔，大多数的温柔，都很人工，是笑时露出八颗牙的职业假笑、熟练的示弱，换取男性喜爱的技术化甜软、撒娇卖萌装可爱的萌化。而发自内心、来自心灵深处的笃定安宁的温柔，是很稀少的天然宝石。我有幸遇到了一些拥有这种品质的人。想起这些温柔的脸，我就觉得内心静定。

仅仅是以自己的样子出现，就让人放松，获取慰藉和力量 。借用一个宗教术语，我把这种现象，称之为“颜施”。

记忆中，总存着一些脸，用来给自己“颜施”。

在山博的佛像展厅里，四壁都是凿空的石窟，那些佛像，以粗砺的砂石雕出，有的肢体已经不完整，幽暗的光，照亮一小块石壁。我一个人，站在那个厅里，他们俯首向我，或莞尔，或沉静，那一刻，我的心，时而满蓄风雷的那颗心，突然感觉内心的风雷，都止息了。那些脸，仅仅是脸，已经让人获取安宁。

当然，对我而言，更多的“颜施”，是来自书本。那些美丽的文字，是灵魂的脸。如果说，我没有被生命中粗暴凌虐带来的创伤、戾气所覆盖，还能焕发出一点点善意和温暖，那是因为，我努力想变好一些，我希望，能配得上我

120
为我的杂志连载栏目拍照的摄影师马场若菜小姐。
她内心坚强，却又不失纯真
这般性格的她，拍的照片亦是如此

4/29

酸奶眼看着吃不完了，就做成滤水酸奶，用来做甜点。

原味酸奶滤掉水，加蜂蜜，
充分搅拌至有光泽。
将我爱吃的覆盆子或蓝莓，加细砂糖煮一会儿，
做成果酱汁，厚厚地浇在酸奶上。
滤水酸奶也可拌上酸奶油，
更增一道浓郁的酸味，十分美味。

曾经见到的栖息在纸上的那些优美、坚韧的灵魂。

书不仅是信息的载体，它本身也是美的实物形式，具有“颜施”的效力——买过几件床上用品，花色叫作喜马拉雅罂粟，是灰紫色的，竹节棉质地，有点点像麻，只有在夏初才能使用，其他时候，要么太冷要么太硬，这种紫色极其温柔缱绻。把买来的新书放上床上，一本《叠韵》，是一个舞者与哲人的对话集，这本书罕见地用了灰紫色的衬纸。临睡前，舍不得把它插进书架，就这么放在床上，深深浅浅的紫，像视觉版的《温柔时刻》，让人的心沉静下来。这也是一种“颜施”。

水花很小，静静生活

天太热，唯有早晨还有点凉意。天光一亮，就起来了。泡一壶茶，把小沙发搬到窗下，看看山，读读书。因为酷爱家居的空旷透气感，怕淤堵，从不敢乱添置家具。根据我自定的守恒原则，一件新的物品进屋子，一定要除去大于等于它体积的东西。这个亚麻色的小沙发，是我权衡考察了很久以后才买的，选了最简洁的款式，无视觉膨胀感的色彩，小小的一只，蹲踞在大卧室的窗口，正好对着远山。为了它，我清理掉了两个三层小书架，太值得了。每天早晨这一段看山看书的时光，真是金不换。

夏天热，喝了热茶之后，毛孔会很微妙地张开，早晨的风吹过来，特别舒服。这种卢仝所说的喝茶喝到“腋下习习生风”的境界，我真的只有在酷暑的早晨才能体会到。我不懂茶，随性乱喝，朋友送的、盲撸的、家人买的，碰到什么喝什么。最近喝的是白月溪，是买七子饼时，店家送的，它是生普，却不峻猛刚烈，反而口感醇和甜柔，某些个性强的绿茶比如瓜片都比它刚性些。清晨看书时，午睡醒来后，淡淡一点回甘的茶意，在初醒时光。

去菜场买菜，菊花脑老了，绿提也长大了，口感不如早前甘甜紧实，丝瓜的籽越来越多。西瓜味道尚可，继续买。一切生命都有它的鼎盛和衰老期。

翻翻《日日有好花》—— 今年自己买的、朋友送的，共计收了四本日历，最后发现天天当成日历翻的，却是这本循日而来、每日一花的插花书。近年来，倡导生活方式的书，出得非常多，插花类书，以这几种较为多见：中国古代插花史，《瓶花谱》之类的；日式插花，图片集式的简介；花道，各流派的详细演示，我见到的以小原流最多;实用插花大全，看完可以开个花店或是做家居美化；养花指南，种植兼插花类。

然而，我独爱这本插花书，它是以眼前、手边甚至脚下的植物，记录生活的一本日记，也是清淡而行的俳句集。冬天时，园丁送了作者一枝修剪下来的、枯掉的玫瑰，她就拿

来插花；插一枝山茶，在严寒中冻黑的枯叶，也保留着，因为这样可以感受到去日的气息；插花的花器，有个普通的白餐盘，用了几次，盘子边缘上，我还看见一个小破损，不知是不是随手拿日常的菜盘来用了，这小小的残缺，如同半枯的花，却使我感觉美得更加生动真实。

枯花枯叶，在正经插花里是要修掉的，破盘子更不可能用上，但我喜欢这种对待植物和生活的松弛心态。冬天万物凋零，一朵枯干的玫瑰正是代言它的绝佳风物，朴素而诚实。

前几天，我翻这本书，在7月20号那天的页面上，看见一张蜀葵照片，上面简单注着："一旦蜀葵顶部枝头开花，就到了梅雨结束的时候。"我种花的朋友告诉我，蜀葵确实是这样的。那几天正好南京出梅，那种一个季候结束的、时光兀自流转的生命感，被蜀葵一语道破，回味悠长。

看正冈子规写俳句，谈起"见样体"，就是按事物的本来面目去描述。我把它叫"静观之美"，这种美，得自一颗静深的心，它安静地看着这世界，映照出世间原态。说起来只是睁开眼去看，可是一颗安详的心，和浮躁暴戾的心，眼中成像也完全不一样。这是一个杠头出没的时代，人人心怀焦虑，像锤子找钉子一样，到处找人对骂，宣泄体内的戾气，都忘了，除了狂躁死掐的怒骂之外，生命还有体验和感受之美。

夏天的云，总是变化多多，有时能看很久，手上正在看高濂的《四时幽赏录》，并不觉得写得多好，但有些句子还是想抄录下来。其中夏季那章里，有《观湖上风雨欲来》："山阁五六月间，风过生寒，溪云欲起，山色忽阴忽晴，湖光乍开乍合。浓云影日，自过处段段生阴，云走若飞，故开合甚疾。此景静玩，可以忘饥……要知一切生灭本空，何尔执持念根，不向无所有中解脱？"

"此景静玩，可以忘饥……"仔细观察大自然，就可以学到很多。高濂以养生书而闻名于世，而在我看来，他和那本插花书一样，都是看破了世间的生命之缘起缘灭，顺势随缘而活而已。不虚美，不粉饰，不诉苦。春来花开时，插一朵记录它的怒放，冬至花落时，也平静面对它的枯意。提子甜时，多吃点，下市了，就吃正当季的桃子好了。

我来到你的城市

因为喜欢一本书，或是一个作者，就带上他（她）的一部作品，当作文学地图，去他（她）笔下的城市，追寻他（她）的足迹，把他（她）笔下的物事，一一按图索骥，最后把随笔结集，这样的书，我见过不少，比如：《安东尼奥尼猜想》（皮皮写她去意大利探寻安东尼奥尼的创作取景地）、《无常素描》（罗展凤去波兰，带着一本基耶斯洛夫斯基传记，去看看他的成长轨迹）、《与伊丽莎白同行》（蔡天新以诗人毕晓普活动地为目的地的旅行札记）、《捕梦之乡》（陈丹燕带上《哈扎尔辞典》前往小说的作者米洛拉德·帕维奇的故乡塞尔维亚，认真细致地一点点理清了小说的脉络和文化背景）。

至于读者众多的大众文人，那就更多了，比如村上大叔，就有《村上春树·旅》《东京·村上春树·旅》《寻找村上春树的东京》等等……村上春树爱旅行，屐痕处处，文章中物质气味浓郁，有很多文化符号可抓攀，不但是行踪，连他书里的食物、笔下人物听的唱片，都专门有人研究出书了。

还有常年瞻仰文人居住地的，以之为一种写作方向的作家，比如台湾的成寒。

城市和它的作家，到底会形成怎样的精神血缘？在黑龙江的时候，路过一家很大的书店，大概只有东北才有那种风格的书店，说是书店，更像一个仓库，或是二十世纪八十年代风格的厂房：挑架很高，极具东北风的粗犷和阔大，没有装修，更谈不上布局，收银台也是国营商店的风格，一个大姐在那里开票收银。书店的空间很粗陋但书却很丰富，我一个人徜徉了好久，很满足。我看见有一个桌子上是满满的小人书，还有一架，全是萧红的书。我从来没有见过那么多关于萧红的书堆在一起，东北就这样默默地、憨实地拥抱着黑土地上出产的作家。

我一直遗憾，作为一个南京文青，我既不喜欢魏晋也不热爱民国的文学作品，它们都是我阅读谱系里的被冷落区域。否则，走过某些街道和景物时，必将在脑海中，将折叠的时空徐徐拉开，一副 3D 想象画面在脑海中渐渐吐出，魏晋或民国人物翩然登场。

即使不算太熟悉，走过火车站时，我也会想到结伴到南京玩的张爱玲笔下的人物（《半生缘》），路过山西路时想起写《巨流河》的齐邦媛，经过鼓楼时想起三毛在那里上过幼儿园，傍晚自湖边步行回家，耳畔是水上运动学校划桨时的喊号声，会想到，这片水域，正是东吴训练水军的地方。

换我自己呢？比如我迷契诃夫，作为俄国作家，和旅居欧洲的那些流亡作家比，契诃夫的活动幅度不算太大，他也只有少量的海外休假，但是幅度不等于地理实际距离啊。俄罗斯幅员辽阔，光是从契诃夫的出生地塔甘罗格，奔到他的文学活跃地莫斯科，再折向他伟大的纪实作品《萨哈林旅游记》所在地西伯利亚，就够人跑的。蔡天新开着车，就能开开心心地把毕晓普的足迹都追索一遍，追契诃夫大概无法这么操作吧。

最近看了两本类似的书，一本是《诗与它的山河》，作者很辛苦的，花了多年时间，奔赴各地，把中国山水诗人的行踪一一理顺，考察了古代诗歌里的山川。

另外一本，是写海明威的，叫《海明威的巴黎》，严格地说，是一本摄影随笔集。作者是一个海明威的超级粉丝，跑到巴黎去，在海明威年轻时待过的地方游历了一遍 ，把海明威书里提到的场景地，都拍成影集了。那书页我不知用的是什么纸张，微微发黄，微妙地模拟了老照片的颜色，正吻合了书的寻旧主题。

海明威年轻时曾经在巴黎待过八年，在那里，他度过了清贫而充实的奋斗岁月，有了清苦却温暖相依的第一次婚姻，交到了很多志同道合的朋友。这些，都被写进了他自杀前最后一本书，也是他最温情的一本书《流动的盛宴》里。

摄影集里的照片，全是黑白的，有种刚下过雪的冬日的感觉：冷冽、洁净。又可以反衬年轻的体温，和相拥的温暖，对《流动的盛宴》这本书，做了一个视觉上的信息补充，帮助书里的意境还原。

照片里那种干净的冬天光线，很容易让人想起巴黎的秋冬里，海明威生不起木柴，在咖啡馆里取暖，然后呼着白气走在街上。他信心满满，野心勃勃，他走向他的朋友，文学沙龙的知名主人，斯坦因小姐的家，他向她汇报旅游中的见闻，听取她对自己作品的看法，带着倨傲又谦卑的心。他拥有即将喷薄而出的才华，和他倾心相爱的妻子，他们拿着刚刚寄到的微薄稿费，去巴黎郊外的小木屋里度假，等待着冷雨下完，回来就可以拥抱巴黎冰冷而洁净的冬天，继续日夜不息地创作。

海明威初到巴黎时，除了练习写作，为了缓解脑力紧张和学习小说技法，他也常常去旧书摊买书。在摄影集里，我看到圣路易岛上的书摊了，它就像只巨大的箱子，盖上盖子，就算是关张。这里常有水手丢下的英文书，海明威得以以低廉的价格购入，仔细揣测当时正红的 D. H. 劳伦斯的笔法。还有，他为了省餐费，饿着肚子时，他就去博物馆看画，正是在那里，他从塞尚的画里汲取了灵感，练就了简约而有力地逼近主题的健笔。摄影集里，还有莎士比亚书店，正是在这里，海明威没有交押金，就从好心的女店主手上借到了《战争与和平》，海明威把它带在去瑞士的旅途中，琢磨着战争背景在小说中的应用。

看着影集，很多的情节，我都一一记起了。

看得出这个“海明威粉”非常用心，《流动的盛宴》里的事情都是秋冬季节的，浸润在冷雨和白雪中的故事体味，他就在这个季节去拍，影集中的河水，发着阴冷的寒色，行人也裹着围巾。海明威回忆录中的冬天，那空气、光线、气味、氛围，通通出来了。

木色温柔

我非常喜欢木头。

结婚的时候去选家具，那些实木的书柜、餐椅，深深地吸引着我。相形之下，亚克力、金属、合成木板，都不会让我有亲切感，实木有木头的气味，木头的颜色，木头的纹路……它能让人看到生命的来路，让人想起，它曾经是一棵树。我想起西方人的习惯：说了不吉利的话，就敲敲木头，因为他们觉得木头里住着生灵。

甚至餐具都选了木头的，榉木的色彩柔和，做食器会柔化进食的氛围，有些木勺、木叉子，上面只是上了一点淡淡的保护油，还能看到隐隐的木纹。装地板时去选货，特别喜欢一块一块地仔细看那些不同木头的纹路：山水纹、直纹、水波纹、螺旋纹。装修时，特别后悔给木头壁橱刷了浑水漆，看不见木纹了。

木头的疤痕、竹子的竹节，都让我感觉在呼吸着的生命感。最动人的是，制成家具的木头，仍然有各自的秉性，随着时间过去，樱桃木会变成醇柔的蜂蜜色，白橡木会带着琥珀酒的色泽。房间里，一定要有实木家具，它们会跟着时间走，发出更加沉着的木色，让家的氛围更加踏实，像一件越来越贴身的衣服。

日本人的木匠，有一部分是建筑师，日本和中国一样，旧时以木建筑为主，所以中国的建筑系也叫土木系。而真正做木头产品设计的，叫木艺家。有一个日本的明星木匠，专门修复古代宗教建筑的，叫西冈常一，他是一个“栋梁”。“栋梁”是一个类似于职称的称呼，意思是最高级的木匠。“栋梁”不但意味着技术的等级，经验的累积，也是组织其他初级和中级工匠的领导者。最早在盐野米松的《留住手艺》中，我见过对他的访谈，当时是书里几十篇文章中的一篇，后来盐野米松专门为他和徒弟们写了一本书。

读这本扩充成书的访谈，感触是：西冈常一的口才并不是很喷薄的那种，有些理念会反复谈及，关于人的部分并不出彩，但是他一谈到木头、干活，就很有话说，也有深度。

他喜欢种植物，到山里去看树，寻找木材，摸清楚它们的脾性，想着能把它们安放在何处。他记得每一棵树是向左拧还是向右拧，也知道它们需要干燥多久才能呈现最后的形状，他是真正热爱木头的人。我想起曾经看过一本同类书，那个匠人兴奋地谈着和圈内人士某某、某某的交往，而涉及技艺这块的谈论，非常稀薄，我很快弃书而去……一个人的兴奋灶在哪里，很容易看出。

匠人不是学者，他们的智慧，是住在身体里的，也就是与手相连接、通过动作流淌出来的，过于流畅的口头表达能力，还没有涩感来得动人。

而三谷龙二，则是一个真正的木艺师，就是拿木头做小作品的，比如黄油盒、木叉之类的。他的店叫十公分，就是落眼于小处、小物件。三谷龙二偏爱的木材是樱木，我见过他做的樱木盘子，放荞麦面时，特别温馨，吃饭的气氛都不一样了。通过手边的物品，人与生活，真正发生了联系，像是长出了根系。

木艺师一般在新年后准备一年工作所需的木材原料，因为冬天是伐木的季节，山民在农闲时用马拖住伐好的木头，然后顺着水漂到下游，有砍伐执照的木材公司也去采木。在原田泰治的画里，我见过这个美丽的场景，冬日的明亮空气里，马儿因为拖木头受累出汗而鬃毛发亮，农夫穿着工作服，农妇在为马擦汗。柏树的叶子在隆冬，被冻得发黄而微卷，看着画面，可以想象那带着一点寒香的劳动时的空气。

我有一个朋友，原来是个质检员，他很喜欢木头，他说："我在海边与山边长大，海边有造船的地方，每次经过都会看很久，看那些造船人手拿斧头劈木头的样子。尤其是海边有木麻黄的树林，海风经过那林里的声音，感觉好古老。海边山上种满台湾相思木，那木头弹性好啊，就喜欢爬到树上去，用相思木做弹弓。"工作后，在实验室里，他也跟着老师傅学习木头鉴定，上山去考察木头的形态，把一块木头摆很久，考察它的收缩率，慢慢地去接近和了解它们。后来，他辞职专门做木艺了。我问他最喜欢的木头种类是什么？他说没有最喜欢的，让他着迷的，就是每种木头都有不同的结构和基因，比如泡桐木，就用在相框背板，因为它能防潮祛湿，调节温度……他是没有分别心的。

他痴迷于线条和卯榫结构的研究，做了很多美丽的家具，他送过一个柚木盒子给我，抽拉式的。这个木盒有个名字，叫作“记忆盒子”，我拿它来存放旅行中购买的纪念品、门票。闲时，推开顶板，记忆空间骤然显现，我会突然记起另外一个天空下的、在路上的自己。

小时候，常玩一种游戏，叫作“一二三，我们都是木头人”，谁能坚持不动的时间最长，就是胜者。长大以后，我发现，我很喜欢这种有定力和专注力的“木头人”——我的朋友，有的热爱书法，无论寒暑每天写大字，有的是咖啡控，跑遍各地去研究咖啡豆，多年如此，乐在其中，渐渐的，他们变成了他们热爱的东西本身，也具有了那种沉静如海的美感。

活山

《活山》，用冷凝的手法，写了内心对山的热恋，温差产生了表达的张力，而这种力度又得自对文字的控制力。不是那种热烈的情绪顶点的记录，而是落笔在与山的真实的近身的抚触和观望。文字很冷，清刚凛冽，没有赘肉，如刻木板，一刀一刀，唯有深寒，方能包裹和平衡那内心的热烈。论写作笔法，我不喜欢以热写热，太直白，没有回味，又有一种文字处处开花，热烈活泼，但心是理性无波的，我也不亲近。

写《活山》的谢泼德，是一个出生在十九世纪、终身未婚的女人。渺小如微尘的人，浸身天地之间，她在黑色巨石上攀爬，她在拦腰的云海中时隐时现，她在如割的冰斗上方驻足，她潜入透亮的湖水下面仰望山峦，看着比空气中更明亮的山影，她在高处稀薄的空气中呼吸，她被露营时停在胳膊上的小鸟惊醒……

我也与山近身而傍，登山道就在我家楼下，春日晴好时，常常可以看见成群结队的登山者，温暖的日子里，连夜里都有人带着头灯上山露营。但是谢泼德笔下的山，是在九月初就大雪封山的高寒地带的英格兰山脉，和我手倦抛书、站在窗口歇歇眼睛入目所见的，温柔舒缓的宁镇山脉可不是一回事。

近两年，自然文学的书看得比较多，这类书，从文字技术的角度来说，基本上以描述为主，依靠移步换景，添加细节描绘来行文，作家的描述功底是最重要的。但是好的自然文学，必须是"活的"。前两天，看威廉·莫里斯的画册，他是画家，也是开辟现代室内设计、纺织图样设计的工美大师，他长于设计装饰图案，装饰图案这个东西，从表面看就是一个图形，比如一朵花、一根藤蔓反复地缠绕、重复，但是莫里斯说即使是重复的图案，一段花枝，也必须存在某种内在的活力，好像植物还在生长一样。

而在谢泼德这本书里，她用好几页纸去描述冬日的小河：里面有冰的不同形态，它们关乎寒冷与水的结合程度，在不同的温度和风向里，变成河底的冰纹、植物上的霜粉、手掌可以触及的冰针、寒意逼人的水流，浮雪在寒风中被冻结，登山者叫它“威尔士王子的羽毛”……这样不厌其烦的工笔细描，还能让人不厌倦，其写作秘诀，和莫里斯设计工艺图案一样,就是要靠内在的活力满溢。“活山”的活——水是醒着的，风是醒着的，眼是醒着的。

她俯着，仰着，爬着，躺着……看着这山。谢泼德和凯恩戈姆山终身结缘，无论寒暑，有空即会前往，也不为什么景点，每次走的路也都随性，都不一样，不看花，而是感觉脚下有花，与在山顶振臂高呼的登山爱好者相比，她并非追求登顶的征服快感,她只是想和山在一起,处于山的内部。所以,和之前那些自然文学家比较起来,她的剖面细节更多,角度更多。

她在深山里，时不时潜入湖中，有次看见湖里有棵晶莹的小树，那是圣约翰草，这种植物表面有油性，浸水后折射出这种视觉效果，谢泼德想起了神话里的银枝——而在《诗经》中，有多少植物的记录啊。谢泼德在浓黑的夜里默默前行，趾甲撞击到石块，可以看见微弱的磷光……远古时代，人类不就是这样和自然相处吗？他们没电视，没电脑，

也一样安然度过一生。他们看自然，读自然。就像谢泼德，一次次进山，一次次新鲜的际遇，只要足够深刻和耐心。

当一个人在山中，他的身体经历了一些与闹市迥异的空气气味、流水鸣音、秋天特有的明亮光线之后，他的性格和思想也就会发生变化——人与人有交际，并在交际中获取满足，人与自然，也有交际。

无来由地，这个女人，老是让我想起《诗经》。日本汉学家白川静，是金文、甲骨文、西周史、《诗经》的权威研究者，远古时代，万物混沌，神巫之气漫天遍野，古人一点点建立了文字系统，给世界以清明的秩序，看他的书，我眼前老是有个在水一方的古人，脚丫子踩在水湄河泥中，天地之中唯他一人，他忽而与天交谈，忽而望水兴叹。看《诗经》时，得洗脑，从信息纷纭的脑模式里抽离，忘掉自己是个网络时代的文明人，得重新踩到那片古代的土地上，与空旷的天地相对。谢泼德的书里，就有这种人类文明的儿童时代感，离天地很近，离植物很近，神台清明，几乎可以看见神明，直抵超验的通灵状态。

也总会想起贝克的《游隼》，那是一个男人，用了生命最精粹和浓烈能量，长年去追踪他深爱的鸟，那也是一部笔触冷静而内心滚热的书，每一个内心的涌浪，都被稳稳托住、描述成文，像男高音毫不吃力地华彩吟唱："游隼眼中大地，像船只驶入港湾时水手眼中的海岸。航行的尾流在身后逐渐消散，地平线从两侧漂流向后。像一位水手，游隼在一个川流不息的世界，一个到处都是尾流和倾斜甲板，沉没的陆地和吞噬一切的海平面的世界。我们这些抛锚停泊了的世俗之人，永远想象不出那双眼睛里的自由。"

贝克和谢泼德所爱的，一个是山，一个是隼，一个是自然风物，一个是活物，但是有某种相通之处。这世界上，总有那么些人，大孤独之中的人……天地茫茫，四野如幕，无边无际的荒寒之中，一个人，她，或是他，终日追逐着隼的游踪，或是用一生去爱一座山。林西莉曾经在《汉字王国》讲"隼"字，是一只鹰站在木架上。而在《游隼》中，"隼"已成为患有关节疾病的作者寄寓的灵魂，至于《活山》，也远远大于一部观山日记，它是作者隐秘结绳而作的精神自传。

长夜的独行者

《长夜的独行者》，写的是建筑师童寯。他应该是中国建筑四杰里最低调的一个吧，除了之前看的书里附的《童寯年谱》之外，我一直找不到他的任何长篇幅的资料，所以一听说这本书，就赶忙预订了。一本简净又安静的小书，不是西方人物传记那种皇皇大作，也不是中式的死者为尊的溢美之辞，它不像是职业文字工作者的华彩吟唱，也不像没有文字能力的人写得那么松絮散漫。它很像是家人之间抱茶闲聊一个长辈，平面的材料流动、随性的拼接，像一件穿久的旧衣服一样，慢慢地长出了主人的形状和体温。

童寯本人的文字非常精炼结实。我是南京人，对城墙很有亲切感，买了一套《中国古城墙》，如果旅行的目的地是古城，就会在出发前，提前翻翻，找到对应页面，做点预习功课。同样，去苏南看园林之前，也会看童寯的《江南园林志》，反复读之，紧实耐嚼——就像郭熙写画论的《林泉高致》一样，童寯写园林的书，也可以当散文读。

他的画也好，2012 年，他的画集出版，是他 20 世纪 30 年代在美国留学完毕，回国途中，旅经欧洲时画的水彩画。这套书有两本，我买了附带游记和年谱的那本《赭石》，里面有他的水彩画，小小的，一幅又一幅：欧洲的教堂、修道院、市政厅……在速写快捷运笔的取景成画之中，体现了他对建筑结构的精准理解。还有那些画的色调——我对颜料一直有兴趣，春天的时候，还专门去中国地质博物馆看过矿石颜料的原石。我看到了雌黄、松绿，也路过了一块赭石:它是童寯画中常见的颜色，是欧洲古老砖石建筑的颜色，赭石色，在最坚硬的物质中萃取，“就如他的性格一样，深沉厚重”，这是童寯最喜欢的颜色。

建筑系学生毕业后的游学，是个传统，建筑师的游记，简直可以划出一个专门的文体分支。我印象较深的，是柯布西耶和伊东丰雄的，风格迥异。柯布西耶野心勃勃，滔滔不绝，他的社会活动力和鼓动力也很强。伊东丰雄的游记写得非常好，但国内没有单独引进过，我是在谢宗泽写的伊东传记里看过摘抄，很喜欢。伊东丰雄的文字轻灵透亮，就像他最长于在建筑中阐释的“风的气质”。建筑师对空间的理解力，在游记这种文体中得以体现——香港女作家西西，著作甚丰，她有本游记叫《旋转木马》，写得很好看，有相当一部分是因为西西是建筑谜。

话说回童寯。他给我的感觉，一向是谨严、认真、不苟言笑、有点冷厉，看他的照片，很少有在笑的。作为一个专业之外的普通读者，我对他的感觉，可能接近于他的学生，敬慕之中，又带有微微的压迫感。如果没有这本亲切的小书，以及它营造出的温煦的阅读感受，我这辈子也不敢在文章中提到他。也是这本书，让他落地，生出了温暖的血肉感。

就像我一直对桑塔格有点距离感，直到读到一本小书，是她儿子的女友写的，没有高山仰止的讴歌赞誉，而是踏踏实实地写些生活的琐屑，薄薄一本书，感性，生动。桑塔格重视身份感，认为坐公交很丢脸，她扬手打车，腋下却露出裂开的接缝，她懒得缝补。她的小厨房里只有一台坏冰箱，电视机顶上搁着一把钳子——调频道的旋钮也坏了很久，这钳子是用来调频道的……这些细节，比长篇累牍的阐述她如何勤奋钻研，效果都好。

童寯让我明白人文基础的重要，病重的时候，他还让孙子给他念莎士比亚的诗句以镇痛。作为一个建筑专业的导师，他招生的题目，居然是翻译《古文观止》里的选文。因为，文学，不仅是立文，更是道德的普世路径。没有立德，少了干净的良心，一切学问皆无用。因为良好的人文素养，所以他对园林理解得深刻。园林自宋代以来，就摆脱了皇家的荫蔽，逐渐走入公共领域，最后成为私家的“地上文章”，一向是文人画家把玩的精神山水、涵养人格之物。另外一位园林大师陈从周，也是文与画出身的。

小书读了两遍，跑到阁楼上去，找出朱良志的《南画十六观》重读，童寯身上，就是中国画的气息：古松阴阴，闭门独处，一窗灯火，满腹幽思。看一看倪元林的画，一山一水一亭一幽人，就懂了童寯。

看童寯的书里写他太太过世后，他让儿媳改太太的旧棉毛衫给自己穿，当然这里有纪念之深意，但仍然是可以看出他不讲究。但是在课堂上，同学问他一个答不出的问题，他一定要记在纸上回去查。看他的书，字字如刻，无

一句虚言，牢不可摇。老一辈的学人，立身立言之严，让吾辈汗颜。

他并不是振臂高歌的斗士，20 世纪 50 年代去南京东郊写生，被警察盘查后，他放弃了画画；他也拒绝了梁思成的邀请，不肯北上就职，主动远离了政治旋涡的中心；在批斗中，他也有自己避重就轻的保全之计，得以在资料室固定的椅子前一坐三十年，静心地查资料、做学问。在时代的狂乱之中，童寯像搬家的大杂院里到处找地方孵蛋的老母鸡一样，保护着他的学术理想。

“学问”这个词，本来就是带着寒意的，坐得住冷板凳、读得进冷门书、忍得了“涧户寂无人，纷纷开且落”的孤独和寂寞，才行。人潮涌动的、灯火辉煌处的盛宴欢谈，那燥热，养不出学问。他不是政治舞台上的长袖善舞者，他也不是以身蹈险的战士，他是一个以冷御乱，小心呵护自己的一片天地的乱世学人，他是暗夜的独行者。

他孤独而执着的背影，被这本小书的微光照亮，又一次，我们看见了素来寡言、自比为钟、不敲不响的他，我们又记起了他。

流金的秋天

这明亮的秋天，太美丽。每天都觉得来不及。抛书进山……几乎隔日就要上山一次。今天来灵谷寺看桂花，顺便吃碗素面。找一棵大树，坐在下面，有僧人在远处诵经，心里是满满的快乐。黄栌的叶子已经变色，但鸡爪槭和无梁殿前的几棵大银杏还没黄，青青黄黄的，层层叠叠映在蓝天的底色山谷，也在空气里弹起了色彩的奏鸣曲。

去素面馆，其实就是树林里的一小片空地，几间清透的玻璃房，一间煮面间，地上散落着一些座位，身处山中，又近寺庙，环境好。一碗面（只有一款，我没有加蛋）等了很久，我摊开带来的书，听听旁边的客人们闲聊，并不焦虑。左边是一个画了淡妆的姑娘，说是居士，每个月都来烧香，先拿了面的候位牌，再去庙里进香，回来时也轮到她的面了。右边也有两个姑娘，一个特别俏丽活泼，也是来进香的，拿了隔壁桌子上的插花来摆拍，又香喷喷地吃着自带的牛肉。

不知是因为环境宁静，还是笃信佛教的人都心平气和，觉得她们身上都有一种无锋的祥和。吃牛肉的姑娘看看我很关切地说:“你菜都吃完了,面怎么办?”碗里只有几根青菜、一个大圆蘑菇和两块素鸡，好像除了我妈以外，没人关心过我这种饮食习惯。后来我看完桂花出来，迎面又遇到她，她毫无间隙地向我做鬼脸打招呼……我是个戒心很重、冷淡不亲人的冷面(原谅我是天蝎座)，却喜欢这很容易打开自己的阳光可亲之人。

相较于市区的鸡鸣寺，灵谷寺里安静了许多，别院里，有尼姑在扫尘，蒲团晒在迎光的长廊上，植物们都养得极好，碗莲的叶子伸出了水面,花儿也都安详地应季而开,或是落下,植物们也许比人更懂得行所当行、止所当止。寺外的猫儿都不怕人，镇定地吃饱了它们的猫粮才走。一个能让动物和植物都安心的地方，让人觉得格外安全……这个情境，成了我的情绪灭火储备，下山回家之后，每当烦乱时，我都会想起那个静谧的午后，小竹林边的窃窃人语、花影、香烟、佛猫们，然后心里的燥热，就会被那静意所浸染，一点点清凉起来。

也去植物园，火棘、琼花、香橼、木瓜、龙葵、石楠、荚迷、海棠、枸骨、南天竹、秤锤树都结果了，要拍照、做自然笔记。荚迷的果实红彤彤的，晶莹璀璨；龙葵的果实，隐居在小道边的小灌木里，我躲开来往车辆，一点点细细地找；木瓜的果实很大，像橄榄球，是秋游的小朋友热爱的玩具；火棘果是橙黄的，在阳光下简直是金灿灿；海棠也结果了，散放枝头；秤锤的果实形状别致，是风中摇摆的小铜钟；捡了南天竹的红果子回来插瓶，可惜没到腊梅盛开，不然是案头清供的绝配。

香橼我也捡了，想拿来闻香。夜读时四下安静，听到不知哪里传出的低微的如水初沸的声音，到处寻找声源，才发现是香橼的内部发出的，切开一看，密密麻麻的蛆，吓得尖叫一声，裹了三层塑料袋扔出去。定心一回想，不对，应该是果蝇的幼虫，准备在果肉里孵化的才对。所以果农才要打农药嘛。生活对于文艺青年真是残酷啊，难得情调一把，还给我整上这么多果蝇。

拍了半天果子，找了棵大枫杨树，在树荫下歇歇。想起皮皮小的时候，我们常带着画架、寿司和烤鸭上山，玩上半

天。现在她功课越来越忙，我也少了一个玩伴。那天她也在秋游，就在山下的白马公园，我给她发短信："我在你上方的植物园哦，记得把昨天买的零食分给小朋友吃……"我记得皮的好朋友爱吃烤青豆，昨天特地多买了几份，谢谢她陪伴我内向的孩子。小朋友长大了，慢慢织出自己的社交网络——坐在植物园树下的老母亲，感慨起来。

30号，终于挤出一天，坐了火车，直奔常州。"金·玉·玲珑——大明王室的宝藏"展览快撤展了——这个展的展品，是从湖北博物馆调到常州博物馆来的，殊为不易。

"珠玉同金器的结合，流行且成熟于明朝，金与玉的镂空作，明人更是喜称其为'玲珑'。金玉之器，因其雍容华贵之色，素来备受大明王室宗藩的喜爱。"牡丹花鬓钗、毛女簪、金镶黄宝帽顶，在扬之水的《中国古代金银首饰》（故宫出版社）里都曾经一睹芳容（她的研究重点之一就是明代金饰），但是见到实物，感受迥然不同。

平心而论，故宫出版社的书都美轮美奂，装帧精美至极，为纸质书的极品。而且图片经过调色、印制在铜版纸上，更是色泽焕发，可是实物更有生命感：有的宝珠脱落了，更显沧桑；有只莲花碗，不知是在挖掘还是时空辗转中，走了形；有的印章在碗底，被小小的底部镜子反照出来，我一点点读那被时光磨花了的题款；有只装茶叶的母子盒，只比拇指大一些，上面放了放大镜，我得以辨识出花瓣细节。还有一整套的明代头面，从花簪到挑心：桃花、菊花、莲花，满满簇簇地聚在一个头面上……我不知道是哪一双手，一点点雕出这些满池娇，就像我不知道，哪一个古人，在芳草萋萋的水畔，吟出了“所谓伊人，在水一方”。时间打败了一切，却唯独无法战胜美的流传。

连展品的说明，都写得简洁优美，颇有扬女士之文风。用古中国的笔记笔法白描人事的高手，我觉得有汪曾祺、阿城，还有扬女士。世人都知道她名物研究的精细，我却觉得《梵澄先生》写得如国画般干净清透，下笔是“扁”的，只寥寥素笔勾个精气神——而大多数文章里的人物速写，都是袭用西式立体人物构造法。

去了天宁寺，寺塔下的小路，被香樟树的浓荫一路庇护，我走了很远很远——空里流霜不觉飞，而眼前，流淌在叶间的秋阳，是流金。

清静就是不为人注视的温馨感觉

看《原节子》，我诧异的是世界上怎么会有这样的演员。

她是个富家女，生逢经济滑坡，只能出来做演员改善家计，就本人而言，她的表演气质稀薄：不会弹琴、跳舞，也极其害羞孤僻，第一次外出拍片，和另外一个女性同住一室，她就把自己的双脚绑起来，害怕在外人面前睡姿不好，拍完戏她就回家，鲜少与人交际。吻戏、出浴戏、裸戏自不用说，二十七岁的她，有一次被要求说台词“我十九岁了！”，她怎么都说不出口，导演只好把台词改成了二十一岁……这样的羞涩，我真的没有在别的演员身上见过。

厚厚一本《原节子》读完，才发现，这与其说是演员传记，莫若说是影史，它悉心而齐备地收集了从原节子出生的二十世纪二十年代到她退隐的六十年代的变迁，这四十年间日本的政局、电影流派发展，甚至东亚战局都有涉及……

一开始我有点微微的失落，我一向觉得这个演员很神秘，所以想来找点个人资料，好落脚去理解她，结果啥也没淘着，再读第二遍时，突然觉得，这匮乏，就是一种满足——我的八卦心虽然落了空，但是却加固了我对她的形象寄望。

看完书后，把她的电影一部部重新找出来看，看她在小津安二郎、成濑巳喜男的电影中扮演的女儿、妻子，因为，演员原节子，她就是溶解在角色里的，除了那些不朽的银幕形象，你想咀嚼她一点点的私人八卦，消费一下作为自然人本体的原节子，不好意思，恕不供应。

她十四岁从影，四十二岁停止拍片，这二十八年间，拍了一百部左右的片子，她选片非常严格，不喜欢的坚决不拍。她的人生，她的电影，都是在个人筛选后，敞开和呈现给我们的部分。这种裹挟在热烈的公众潮流之中，对个人冷静的把控和坚实的矜持，让我觉得可贵。她这个人，看上去非常腼腆，实则有坚定的内核和清晰的边界感。

在她出国巡游时，有很多影迷围拥着她，路都给堵住了，得知她要去某处拍戏，那个站台立刻卖出去三千张站票，甚至有影迷为她离家出走，这被关注的吸睛力，是有成瘾性的。流量明星，成天拿绯闻上热搜，为的不就是维持这快感？但这也是双刃剑，你会被掌声和热烈的目光软性裹挟，生活变成了对外的表演，再也无法获取向内生活、不违己心的安宁。而原节子，这样一个万众拥护、年少成名的女明星，却对这灼热的爱戴崇拜毫无依赖，能把它全然放下，真酷。

忘记原节子的明星身份，把她作为一个普通女性来审视，倒是更有趣味：她十四岁从影，只是为了减轻家人负担的权宜之计，随着她的事业发展，她时常去国外巡游，她爱看书，闲时看了很多旧俄小说。日本战后电影回温，她复出演了《我对青春无悔》中的一个独立女性：幸枝。在塑造这个角色的过程中，她理解了职业女性的心路，这对她也是一种教育。

而与此同时，她已经开始用片酬养活全家十几口了，并且拿余钱去投资土地，为她日后息影的经济自由，打下良好基础，这经济和精神自立的逐步进展，使她的自我发展起来了。一直觉得“比起演戏，还是相夫教子比较重要”的她，终于在二十七岁时表示：“可以将演员作为职业。”那是1947 年，无论是社会还是影坛，仍然在男权的阴影之下，而原节子已经有了自我意识的觉醒。

我们时常高估了演员或作家的个人力量，其实他们也是普通人，被裹挟在时代的风潮中起落，而把他们作为试剂，浸润在不同的时代溶液中，观察其个体殊异的反应，也是一个有趣的人性试验。

二十世纪六十年代，影坛风格发生变化，电影越来越重视女演员的肉体魅力，角色低龄化，电视开始普及，曾经大明星独霸影坛的局面，纷纷被解体和边缘化。而原节子年纪已大，面临严酷的转型困难，在这个峻岭之前，她放弃了突破，而是选择了返身步入自己的个人生活。1962 年她停止接片，1963 年小津去世，1969 年小津的王牌编剧野田高梧过世。一个时代的落幕中，原节子也悄然息影，秉承她一贯的低调风格，她没有做什么金盆洗手的大肆宣扬，那种非常仪式化的告别，而是……某日，大家突然一个醒神，“呀！很久没有在荧幕上见到这个人了”，那年她只有四十二岁。她把整个世界都关在门外，安心地在家看书、种花，萧然自在，一直到九十五岁去世。偶有偷拍她的记者，也被她怒斥而逃。

米兰·昆德拉我谈不上喜欢，但有一句话看了觉得好："清静就是不被人注视的那种温馨感觉。人的眼光是沉重的负担，是吸人膏血的吻。"我也曾经读到一篇文章，写的是姐妹两个，看上去，姐姐很擅长言辞，总是在陈述，妹妹则很沉静寡言，结果，长大了两人一对话，发现妹妹对任何人事的记忆，都比姐姐丰富。作者说："假如让我选择，我愿意做这位妹妹，待在人类生活的角隅，被人们的喧闹和落寞所忽视，捡拾那些被丢弃的碎片，看见人们脸上自己未察觉的伤痛，然后，说给他们听。"原节子的本性是那个"妹妹"，却从事了"姐姐"的工作——演员的职业属性就是被瞩目……上半生她做完了"姐姐"，下半生终于可以回归"妹妹"的本心，她是圆满的。

寻找父亲

看太宰治女儿太田治子的追忆录，读完，叹口气，因为书里提供的材料，不是一手的，支撑力较弱……这不能怪她，她是一个私生女，又是遗腹子，在她未出生时，太宰治就自杀了。所以，这本追忆录的主要构成是：她母亲的零星记忆，太宰治的作品中与她母亲相关的部分，他们的通信以及她自己的大量推理。“我觉得”“可能”“或许”“大概”“我想”串联了整本书，那不是纪实，而是被揣测黏贴得近乎虚构的东西。这种得自主观的虚词，我无法落脚，也不敢作为佐证材料使用。

这本书，触动我的，与其说是内容，莫若说是一种寻父心切的情绪流。

它让我想起，曾经看过的一部纪录片。就是路易·康的儿子的寻父之旅——路易·康是我特别偏爱的一个建筑师，我一直都留心收集他的资料（去年他的传记《在建筑的王国中》已经引进了），在寻觅的过程中，我找到了这部纪录片。

这部片子的主角，是路易·康的儿子，路易·康在六十一岁时生下了他，路易·康是个工作狂，偶尔偷闲时，会开车来看他和他母亲，逗留至半夜。在这个儿子十一岁时，路易康心脏病突发，猝死在纽约的一个公厕里。这个儿子，对父亲的印象是稀薄的，所以，在他成年之后，他就一个个地去找父亲的亲戚、同事、合作伙伴、前女友，飞到世界各处，徜徉在他父亲的建筑作品里，在爸爸浇灌的水泥地上狂奔，抚触他打造的柱面，眯眼感受那美妙光影……他怀着侦探般的好奇心和耐心，一点点地拼凑出父亲的形象，在脑海里，重建一个完整的父亲。

就像太田静子，熟读了父亲的书，时不时拈来一段，分析出种种深意。作为儿女，他们是艺术家的肉体结果，而这些小说、建筑，才是大师们用全部心力孕育出来的精神儿女，后者比前者，更用力地镌刻了他们生命的印记，也是他们灵魂在世间的留痕。艺术家未必是尘世子女的好父亲，却都是精神儿女的好父亲。

回忆录以执笔者来分，可以宽泛地分为两种：一种是近距离的家人、伴侣写的，偏生活细节的血肉堆积，鲜活而情感能量充沛；一种是艺术同行或研究者，落笔角度会偏向作品分析和美学认知。但是，如果是这种没有和父亲长期生活在一起的儿女写，直接经验和感性资料不足时，就可能会混合叠加这两者的写法。

大师们都没有完美地履行俗世的责任。但是对一个艺术家，从私德的角度去审判，并非我的写作目的。

比如路易·康，他贵为一代宗师，却从未向商业低头，而在所有艺术门类中，电影和建筑是社会化程度最高、必须要大量财力和社会资源支持的，也因为这种不屈服，使路易·康的一些作品不能进入实操层面，也使得他这样一个杰出的建筑师，在商战中落败，当他落魄地倒毙在公厕时，还背负着几十万美元的债务。他不是渣男，事实上他近乎于苦行僧，吃睡都在办公室和工地，他把自己燃烧殆尽，全身心地献祭给了美。他创造的空间，就像被神的手指点过一样美，他爱这个世界的方式，就是用他制造的光影之美，把每个走进他的空间的人，都送进了天堂。

路易·康的儿子一路苦苦寻访，找到了当年和他父亲合作的那个孟加拉建筑师，他们并立在路易·康最后的作品里，在那座巨大的建筑下，肉体上的儿子，仰望着父亲精神的儿子，听见那孟加拉建筑师说："你的父亲爱所有的人……而当一个人爱所有的人时，他往往会看不到离自己最近的人了……"

说起来，太宰治和太田静子的肉体女儿，是写追忆录的太田治子，但他们的精神女儿，却是太宰治以太田静子的日记为母本结出的文学果实，就是《斜阳》。有一天我收拾爸爸的书柜，竟然翻出了这本《斜阳》，二十世纪八十年代的书，封面是简单的色块和人的剪影，谈不上装帧，纸页也早就发黄。我慢慢地看着，在第七十九页处，书页是粘连的，爸爸根本就没有读完它，只读了几页就不感兴趣吗？我爸爸是个斗志昂扬、不服逆境的人，活跃的入世者，估计不会喜欢太宰治这种颓废靡烂、没落贵族的调调。

爸爸爱买书，且会在扉页上做标识，这本《斜阳》上标注的是 1981 年 11 月 2 号，购于新华书店。爸爸当时在御道街上班，彼时南京只有新街口有一家新华书店，卖爸爸最喜欢的外国小说，这本书可能是他午休时逛书店顺便买的。

如果爸爸还在，我能和他讨论这些吗？告诉他，我虽然在他身边长大，心里却始终对他有隔膜。这些隐秘的精神牵连、血液里的传承，似乎比血缘更让我觉得亲切。他那些旧书都是二十世纪八十年代版本，开本小，散放在明晃晃、簇新锃亮的新书里，格外落魄相。我把它们聚拢放进了小小的藤编书架里，它们和那个半旧的书架色调很和谐。

我就这样任它们在墙角里沉淀出暮色般的书影。

解读太宰治女儿的追忆录，无意中，也成了我的寻父之旅。

写着写着，突然想起来：小时候，爸爸很喜欢我唱给他听的一首歌，模糊记得有“不怕风雪要去找爸爸”的歌词，在网络上找了半天，原来是《咪咪流浪记》的主题曲。一边写文章一边反复放：

落雨也不怕
落雪也不怕
就算寒冷

大风雪落下
能够见到他
可以日日见到他面
如何大风雪也不怕
我要我要找我爸爸
去到哪里也要找我爸爸
我的好爸爸没找到
若你见到就劝他回家

你要看见他，就让他回家。让他回家。回家。

正确不是对

有些词，在语义上似乎是近亲，但其实是相反的，比如“正确”与“对”。

最近迷的是佐野洋子，老太太有种潇洒的痞气，下笔帅死了。摘抄几个标题给你们看看：《漏水的茶壶没有明天》《因为是大屁股的勤奋者》《我可不那么想》《不是这样哦》《母亲穿着石膏味的白鞋去哪里了？》《暂时不想参加葬礼》……有一篇刚写开头，她尿涨去上厕所了，然后，尿完她就开始顺势写起小便来了！她写她小时候，在泥地上随意找一处小便，尿出一个小凹处，蚂蚁爬进去淹死了，后来干脆直接找蚂蚁窝尿。然后小哥哥也跑来了，挤开她，也把尿准准地尿进那个小蚂蚁窝里。

这个小哥哥在十一岁时，因营养失调而死，他有一双很大很深的眼睛，晚年罹患癌症、被切了乳房的佐野洋子，叉开腿坐在马桶上，想着和她一起抢蚂蚁窝尿尿的小哥哥，记忆永远停滞在童年。一个将死之人，怀念逝者，没有一丝贫弱的感伤，只是想着："真想找好多蚂蚁窝给他尿尿啊！"

她真是肆无忌惮，全是信手拈来，常常写着写着就这么走神了，一点都不照顾读者的阅读线索，文思像个小孩子走路，忽而跑你前面，忽而随后，忽而又不见，然后你没法真和她生气，甚至，最后我发现，她的走神处，居然都是她的最可爱处。

她从心到口，都是一条直线（一般作者面对想象中的读者，要不断避让道德暗礁，做路线调整，害怕三观不准，触怒读者；又有一部分吐槽文作者，是专对着怒点写，以博取眼球。而佐野洋子是压根就不把读者放在眼里），她就像某种歌手，往台上一站，就是一副"老子怎么唱他们都会喜欢听"的气势。我一边读一边骂："他妈的你真敢这么写啊。"太安全的写法往往乏味，她这个痞子气，倒像是一种又萌又坏、童言无忌的小朋友，带着反派的迷人感。

有一个情人的故事：原配是个美貌的主妇，拿着高额生活费在家赋闲，老公在外面接连不断地找情人，找到第五个，那人是个中学女教师，这个情人实在太丑了，把原配激怒了，于是原配拎着一箱啤酒就上门去了，喝完一瓶就扔一瓶，砸到情人门上。

过了一会，情人开门了："这是最后一瓶了吗？"（言下之意大概是：你砸完了吗？砸完我好收拾扫地。）

又过了一会，情人的儿子也出来了："妈，要我帮忙吗？""没关系，啊，帮我拿下手电吧。"

再过了会儿，情人的猫也出来了，原配拎着这只猫说："掐死它，只要你掐死它我就签字。"情人说："想要那只猫的话，给你好了。不好意思，如果你想要那个人的话，也请你捎着带走吧。我从一开始就没想怎么着，是他自己要住这儿的。"

原配气得回家就把离婚协议签了，情人听闻此事，连忙搬家逃走了。大概是怕那个男人彻底黏上她？

这故事把我笑抽了。平日无意看两眼电视，满屏都是宫斗剧，无法想象，大清朝灭亡了这么多年，女人们穿着海淘来的欧美服饰，画着日韩系妆容，内心还像古代怨妇一样。这样的剧情，居然还在随处发生，并且有受众。殊不知当代女性，无论精神还是经济，都独立自主，随时可以淘汰劣质男性，他们早就不是可贵的生存资料、衣食资源了。

又有一篇写她看杂志访谈，记录日本的老年人，不是勤奋的匠人，就是四点半起床的老太太，还有八十岁的老先生，多年坚持照顾瘫痪的老太婆，也从来不说她的大便很臭。佐野洋子说："全日本都没有一个颓废不幸、对社会毫无贡献的老人吗？真让人沮丧啊！"我笑得半死，想起我和我的豆友们，辛辛苦苦地避开堂皇讲演的微博、励志正能量的微信朋友圈，只为了躲在豆瓣，来个精神上的"葛优躺"，理直气壮地丧。

佐野洋子处处都"不正确"，但是处处都"对"。这个奇妙的落差，造就了原始生命的生机勃勃。我们内心被禁锢的某种真实感，被她打开和释放了。痛快淋漓！终于有人敢大声地发出心声了。

深想一下，汪曾祺作品中有人情味的老鸨，契诃夫笔下善良的囚犯，毛姆书中纯洁但寡情的少女，特吕弗镜头里永远的"三人行"……这些都"不正确"，但是"对"。情节如行云流水，有种自身的生长逻辑。故事不吻合道德律，谈不上行止端正，但能做平情境公式，即以人物的性格，在当时的剧情走向下，只能发生这个行为。

最好的文艺作品，都是“对”的，最难看的，都是“正确”的。那些“正确”，不是在真实的土壤中长出来的，而是在道德护持下，由逻辑和思辨推出来的，是漂亮的思维体操，它们相当于真空条件下的实验室数据，在生活中根本没有操作性。拿这些纯理论去比对、校正活人，只会让人变得虚伪或走向对立面。些微的对人性小面积瑕疵的容错，也许更有利于让善良发育。可是，“正确”永远站在“对”的上风，在辩论中，“对”也打不过“正确”，“正确”一脸凛然地站在道德高地，雄赳赳气昂昂地教训别人，“对”的声音很微弱，可周围的人，却越聚越多。

常常会怀恋二十世纪八九十年代的明星，觉得怎么那么好看，现在没有美女吗？不是啊。现在的美女都是流水线上按照固定的公式生产出来的：杏眼高鼻锥子脸，雪肤蜂腰。为什么却完全没有生动的美感呢？我觉得是因为长得太正确，完全不悖人意，真要拿个尺子去量，只怕都吻合黄金律。而二十世纪八九十年代真正的美人，往往长得不那么正确，每个人都肆意地长成自己：温碧霞下巴太圆，林青霞鼻子太

尖嘴唇薄……可是这不管不顾、任性为我，得罪了审美公式的不合尺寸，反倒有种天然的有机感，让人印象深刻，更容易吃进观众的注意力吧。

抄一段佐野洋子的原话："你要知道，一个人最好的地方，往往也是他最差的地方，优点和缺点是一体两面的，那些认为可以将优缺点分开的人，通常会摆出自己是正义的一方的姿态，挥动正义的大旗去打人却不以为意。又或者，这样分的话，就像用网孔很大的网子捞鱼，完全没有留意到网孔掉落的东西，也不想留着，但那些从网孔掉落的，才是最重要最重要的东西呀，才是人生的醍醐味。这才是人最有趣、不可思议、值得感激的东西。你若不好好品尝它，人活着就太没意思了。"

正是这个不确定的空间生出了"醍醐之味"，使她们对读者产生了一种吸引力。

写着写着就死了

可能我喜欢的就是那种毒素的味道，舌尖微麻，带着痛感。

我发现，在我喜欢的女作家身上，都有相通之处——麦卡勒斯、佐野洋子、托芙·扬松，她们都不是锁死在一种气质或身份上：她们既是成人，又像长不大的坏小孩；她们既有男性的硬朗，也有女性的纤细（其中两个是双性恋，既爱男人又爱女人）；她们作品中的人物，既不是好人也不是坏人——托芙·扬松最初被儿童文学界抵制，就是因为她笔下的精灵抽烟，还骂脏话；麦卡勒斯书里的小姑娘带着邪恶的美感。包括读者群也不确定，有时她们写的童话，根本是给大人看的。犹记得，当年给小朋友读《活了一百万次的猫》，小朋友反应漠然，而我几乎落下泪来。佐野洋子这童话，只有大人才能解其中滋味吧？

佐野洋子的没心没肺里，有着暗黑的核心，而这个多层次、多维度，才是她吸引我之处。让我们从她生命的源头看起：佐野洋子的母亲，一点都没有我们默认“母亲”这个身份概念下的柔情、温婉、护犊情深，相反，她硬冷、尖刻、寒气逼人，连我这个读者看着都发寒。

在佐野洋子五岁时，她把手伸向母亲，结果被母亲狠狠地甩开，她回忆中唯一的温情时刻，是母亲擦完发油，喊她过去，把多余的油分抹到她头上（也就是拿她当作一个移动卸妆纸巾？）。因为这是母亲和她唯一的身体接触，会让她无限回味……这个细节总是让我想哭。饿极了，渴极了，可是没有爱的甘露，一滴都没有。到老了，母亲痴呆了，变成了佐野洋子的孩子，那温情，才一点点生出来——她不爱母亲，因为对方如同爱的绝缘体，一个铜墙铁壁的冰窟，或冰冷光滑的井壁，根本无处去进入，去落脚。

有种说法是把佐野洋子面对癌症的潇洒，理解为阳勇斗癌魔的乐观无畏，就像当年把麦卡勒斯塑造成一个身残志坚的美版张海迪一样，怎么可能呢？佐野洋子根本就不是心灵鸡汤倡导的阳光积极，她自小就近距离目睹死亡，一次又一次。幼年，她作为战败方眷属，在中国度过，后被遣返日本，她最爱的小哥哥，死于配给不足下的营养不良，弟弟也紧接着死去，还没来得及长成一个成年人的模样。她在半夜翻过无人的山丘，穿过漆黑的荒山，去拍医生的门，眼看着母亲被一个接一个死去的孩子刺激得发狂……她太清楚："就算人死了，来年的花也会继续开，星星会发光，雨会落下，没什么了不起的……"这是她从小层层积累的死亡经验——很多人把她文字里的无所牵绊的不羁当成豁达，而在我看来，那个是抑郁症患者深刻的颓废之花。

佐野洋子长年患有重度抑郁症，临死前她和医生讨论死后事宜，也带着一种疏离的不在场感，好像自己的死亡都是隔岸的——她们就死亡做了一个对谈，医生说："有太多人对死亡毫无概念，所以你要多写一些关于死亡这件事。"佐野洋子说："我也是因为自己快死了，才有了一点经验。毕竟是第一次（死），我也想好好观察一下。"她诚实地记录着自己最后的时光：医生说她还能活两年，她立刻一掷千金地买了跑车，结果过了两年还没死，她想："怎么办？钱都快花完了……"化疗掉头发，她剃光头，对着镜子照照："顶着这张脸过了几十年，我真是坚强啊，不过！秃头才知道，原来我的头型这么美！”

写着写着她就死了。

让我们来重新读一下她用死亡来测量和盛放的爱，那本《活了一百万次的猫》。

有一只一百万年也不死的猫，是一只漂亮的虎皮花猫。有一百万个人宠爱过它，有一百万个人在它死的时候哭过，可是它连一次也没有哭过……猫曾经是水手的猫。猫讨厌大海，水手带它走遍了全世界的大海和全世界的码头。

猫还曾经是一个魔术师的猫、曾经是一个小偷的猫、曾经是一个孤零零的老太太的猫、曾经是一个小女孩的猫，它被锯死过、被狗咬死过、老死过，还被背孩子的带子勒死过，不过，它已经不在乎死亡了。

后来，猫就谁的猫也不是了。它成了一只野猫。它头一次变成了自己的猫。它最喜欢自己了，漂亮的虎皮花猫终于变成了漂亮的野猫。母猫们都想嫁给他，有的给它大鱼，有给它上等的老鼠，它说："我可死过一百万次呢！"它比谁都喜欢自己。

只有一只猫连看也不看它一眼，一只美丽的白猫……“我呀，我死过一百万次……”说到一半的时候，它问白猫，“我可以待在你身边吗？”“行呀。”白猫说。就这样，它一直待在了白猫的身边。

白猫生了好多可爱的小猫。它再也不说“我呀，我死过一百万次……”了。它比喜欢自己，还要喜欢白猫和小猫们。

小猫们很快就长大了，走掉了。它满足地说：“它们都成了出色的野猫啦。”“是啊。”白猫说，嗓子眼儿里发出了温柔的“咕噜咕噜”声。白猫已经成了一个老奶奶了，它对白猫更温柔了，它想和白猫永远地活下去。

有一天，白猫在它身边静静地不动了。它哭了起来，从夜里哭到早上，又从早上哭到夜里，它哭了有一百万次。一天中午，它的哭声停止了。它在白猫的身边静静地不动了。

猫再也没有起死回生过。

佐野洋子的手法，就是“得意忘形”——我是说，她用的文字完全像是随手抓来搭在情节骨架上的，根本就没有郑重的酝酿，是小朋友都能看懂的、最简单的字，她没把精力花在文字表面的经营上，而是，直接走到了最深处。

关于爱、自由和死亡，这只猫的故事，是世界上最简洁而深邃的作品之一。对于虎皮猫来说，水手、国王、很多的母猫……一切的宠爱都不是爱，只有让它“做自己的猫”那种自由度才是爱，而当它想以魅力强征爱的时候，却被大白猫的温柔所收服，它终于完成了爱的核心技术：重心挪移，知道了爱别人是比爱自己更快乐的事情……所有生命的成长，皆是这个程序：摆脱占有—获取自我—想和另外一个自我产生情感连接，永远活在一起—爱吹散了虚无感，也打败了死亡。

死亡，让虎皮猫生命的疆域有限，爱，却赐予它灵魂的无限。

谢谢你写出这一切，洋子。

用右手去修改左手写的文章

最近重读向田邦子，比原来读的感觉好些。她很像某种女人的脸，平面照片效果平平，但是美在动态状态下，只要一开始有动作，就生动美丽起来。换算成文学，就是她文采平平，但是场景挪移、情节推进这些技术很好——果然是编剧出身的作家，职业特长很明显。

她曾经罹患乳癌，切除病患后，因为伤口收缩，不能自如地使用右手，只好把电视台的剧本停更了。这时她也想试着活动一下，就用左手写了一些回忆性的散文，就当作是写遗书，那样松弛漫漶地放手一写。那是她第一次接触这类文体写作。三年后她康复,重新审视这些左手写出来的东西，觉得写得很不好，不成熟，但“用右手去修改左手写的东西，未免于心不忍”，还是决定原封不动地结集出版。

右手是顺势的，它动作娴熟，有力而刚健，写字是它，握手是它，把双手并放观察，因为长期使用，右手的血管似乎都比左手粗点，去医院打吊针，也总是直接把它伸出去，遇敌当然更是它，打人都是出右拳。右手，是我们那个光鲜强大的、乐于示人的自我。

可是，生命中，总还是有一些“左手时刻”。

那是遭遇命运不幸的低谷期。辛辛苦苦建设出来的生活秩序，全然被摧毁，一片废墟之上，是我愣在那里，不知如何收拾旧山河的恐惧和绝望。半夜醒来，忽然，那些冰冷的事实，一点点浸入意识，就这么睁着眼睛，到天亮，拼命打起精神，才能挣扎着起床，机械地去刷牙、洗脸，做这些最日常不过的事情。走在路上，听到几个老妇人在讨论菜价，羡慕得不行，她们在过着最普通的日常生活，有闲心去谈论琐碎，可是，那都是生活全盘崩塌的、彼时的我，没法去想的。我的头上，压着沉沉的巨石。

那个时段，我写作状态很差，我连五成的功力都发不出来，脑子里知道动作，可是用左手，就是使不出力，做不到位，行为执行不了思维，写出来的东西，不忍卒读。有很长一段时间，我都不愿意重读那些文章。

最可怕的是，灾难都是利滚利的，就是说，当你遇到第一个不幸，在这个极其虚弱的状态中，你会做出常态下不会做的事情（就像体质差的时候容易被感冒病毒感染一样），被厄运的巨浪彻底裹挟，卷入更深的水底。我一个女友，在她母亲过世那年，交了一些不好的朋友——当时她的心全冻结了，碰到有体温的就想抓住，常态下避险的力气都没了。而这个毒素大于营养的朋友圈子，她花了好长时间才清理代谢掉，如果把得到的那点暖意当钱来比方的话，她还出来的利息比本金还多。

相对于右手，左手是我们软弱无力、羞于示人的那部分，是写坏的文章、搞砸了的工作、失控的一切。我们拼命地想把那偏离人生规划的部分，藏在衣橱里的那具骷髅，从记忆中彻底一键删除。恨一个敌人，或许还能获取某种战斗的勇气和能量，可是，憎恨自己，只会彻底地瓦解自我的力量。在所有伤害性的负面情绪中，羞耻感，是最销蚀一个人的。当右手嫌弃和逃避左手时，这种内部分裂，会让人彻底崩溃——我们爱一个人，必须把对方作为完整的整体来爱，对自己，也是一样的。

在右手严厉地逼视之下，左手怯怯地说："我固然力气小些，可未尝不是新的路径：向田邦子的小说和散文创作，开拓了她的文学新领地，而同样身患乳癌，用左手缝熊做康复练习的西西老师，如果不是生病，又怎么能写出那么好看的《缝熊志》。无论遇到怎样的困境，我都绝不放弃，即使慢点、笨拙点，也要坚持完成自己的人生梦想，积累出有形的成绩，没有缴械投降，哪怕是我这个左手写的，也比空白好，不是吗？"右手想了想，觉得左手说的也有几分道理。

连绵的黑暗中，右手慢慢地伸向左手，曼声对它说："不要怕，你就是我，我接受并愿意承担你的一切。"当右手握紧左手，与它和解，当右手不想再去修改左手写的东西，而是坦然地面对和接受它，当你再一次获取生命的完整性之后，打怪升级的灵魂功课，才得以完成，生机就会重新焕发。右手握着左手，一起快乐着，它们幸福地迈向新生。

是梦

看森茉莉的书，她是大文豪森欧外的女儿，自小备受父亲的宠溺……她是父亲的第一个女儿，紧接着她出生的弟弟与她同时患上百日咳，结果只有她活了下来，父母都觉得这个没给死神带走的孩子，是神给他们的恩宠。之后的弟妹又都在多年后出生，很长的一段时间里，她独占着父亲的宠爱。父亲到哪里都想着“要是带着茉莉……”，她自己也说和父亲的浓情，不是寻常的父女情，倒是更像情人的质感。

她十六岁离开父亲出嫁到夫家，之后是父亲病逝、夫妻离婚、儿子离开、日本战败。在穷窘的暮年，她已经穿不起华丽的和服，连成套的洋装都买不起，她就买了美丽缤纷的毛衣，满头白发却衣着鲜翠的她，走在街上，意兴洋洋的，也不在乎被身后的小孩子当成衣着不得体的怪异老太婆。

曾经有人拍过她：“她穿了件一字领的白底黑灰横条细

纹的短袖上衣，还以金褐底带银灰椭圆色块的亮缎丝巾，摩登地系裹在头上，几缕斑白的乱发就这么张狂地披于额前。”如此瑰丽如梦的她，时年七十九岁。

她从小就被照顾得十指不沾阳春水，家里全是女佣、车夫和园丁，她不会打扫，不会栽种，不会做饭，长路也走不动。别说裁剪,连织补都不会,老来她茕茕一人,穷苦落魄，穿出破洞的毛衣她干脆直接扔掉，她也不会生炉火，最冷的冬天就抱着热水袋坐在被窝里。鲜花早已插不起，她就去买美丽的毛巾，一条条挂起来，欣赏着它们缤纷的色泽。如果有幸变卖掉一条和服的腰带，她就赶紧拿去买一份生鱼片美美地享用。我从来没有见过谁把鸡蛋写得如此深情款款：

“雪白的鸡蛋有细微的凹凸，让我联想到新积雪的表面、压平的白砂糖、上好的西洋纸、法国手工书的书页；白中带红的鸡蛋壳，让我想起西班牙铁丹红的土地上千家万户的墙壁颜色；而略带玫瑰色、隐有白色斑点的鸡蛋最为美丽。鸡蛋的形状、颜色不知为何，总是让我感到宁静平和，我喜欢这种感觉。”

她是个典型的形容词爱好者，文字是绸缎质地的，充满了大段的描绘，但凡能塞上形容词的地方，都给她塞满了。说实话，她那个文字，对我而言，过于浮艳脂厚，我私心里当然更偏爱我快意恩仇、杀伐果断的佐野洋子女神，森茉莉这个公主腔十足的家伙，读几十页就得换本清淡的换口。但是，却有什么地方，让我的心，微微地动了一下，又一下。

前半生的荣和宠，早已化为云烟。而她却顽强地活在回忆之中，抵死反抗，绝不踏入现实，坚决不离开那个由母亲和服上的垂樱花纹、午夜时搁在走廊上的纸灯笼、女佣浆过的衣裾、好几层盘子装的精致和食组成的童年，那些依在母亲膝头，安静地等待着父亲归家的甜蜜时光。这个和《上海的金枝玉叶》《山居杂忆》之类书中的在磨难中宠辱不惊的闺秀美感，还不是一个路数，里面有种更深层的悲剧感。她越是喜滋滋地自恋，我就越悲哀。

那些堆叠到有点肥腻的形容词，恰恰是她的美的世界，她动用了成堆的色彩术语描绘资生堂的肥皂，如此地不厌其烦、回味无穷，是因为，那是她用来抵御冰冷现实的武器。她是竖着几根没用的刺，在那里张牙舞爪的玫瑰花，可是，她的小王子……呵护她的爸爸，童年亮着灯笼的温暖的家，明治维新后朝气蓬勃、物质日益丰富的日本……永远不会再回来了。

她的文章，用一个场景来总结就是：小时候，她和父亲坐在人力车上回家，看见不忍池上映照出东京博览会的盛大烟花，那样的华美闪耀，然而只是镜中花、水中月，风吹即碎，不堪收拾。那易碎而哀艳的幻灭美，就是森茉莉的美感所在。

在文学作品中，我们常常看到梦境的描述，但森茉莉却不一样，她本身就是一个梦幻质地的女人。她的生命中，没有现在时。她从小就喜欢睁大眼睛，带着迷离的神情，俨然听不到周围人的话语。即使到了落魄不堪的晚年，身处连房租都付不起、巧克力只能一粒粒买的窘境，她也带着那种甜甜的公主腔，她始终都活在早年的氛围之中，那是她随身携带的避难所，她收起吊桥，就可以回到爸爸给她建造的城堡，那个由华丽的有禅染丝绸缝起的和服、高级和食店用提篮送来的丰美食物、被园丁打理得绮丽叠翠的院中花草建筑成的、沉溺如蜜的梦境。

那是旧日的日本，到了日本战败之后，她在战后的饥荒中，像所有的战败国属民一样，去郊外挖野菜充饥，漫天的白雪冻僵了她孱弱的、从小就被佣人伺候、没负重过的手脚，她抬眼望天，却恍惚看到遥遥的童年时代，那开得遮天蔽日的白色玉兰花……她顿觉心静。

我的心，就在这种边角处，动了一下吧。

那种隔着时间和空间的距离，隔岸遥遥相望的，回首中梦境里瑰丽的华美，我们常常在一类文字中看到，比如：曹雪芹喝着稀粥写着《红楼梦》里的茄鲞、唐鲁孙在台湾用近于半文白的工巧文字细描北平小吃、茨威格领着配给券怀想旧日奥地利精致的甜点、张岱落魄中以排山倒海之章节写昔日的繁华……最近看常玉的画作，也是这种带有迷梦感的“谪仙记”。而那种华丽的光泽，正是来自回忆的润泽。“回忆难回，所以才美”。

给每条河流取个温暖的名字

写日记，“冬天养的多肉，在没有暖气的南京，终于没有熬过冬寒，死了三盆，还剩下几个活着的……”想了一下，做个修改，改成，“……终于死了三盆，是千万重、雅乐之舞和观音莲，其余的，弗洛拉、绿焰、月影、莲华等等还幸存着，希望它们能在春天欣欣向荣地活下去。”本来是光秃秃的生物死亡事实，变成了一个带着体温感的情感事件。

这是我的一个习惯，万物都得“必也正名乎”。每盆多肉（花、绿色植物等等）买来，我都会观察其形与色，查资料，给它们贴上名字标签，从此，它们就在我的脑海里，有了自己的档案袋。每提到一个名字，大量的静态景象、动态场景都会随之缤纷而来，我记得，那盆千万重一点点在顶端枯白、萎靡死掉的样子，我也记得那盆雅乐之舞，它最配常玉的粉色系画，我总把这盆花搁在画旁边，画上那些肉乎乎的裸女，躺在印花毯子上，配着雅乐之舞羞答答的紫色小花，有一种暖烘烘的肉欲感 。

昨天，忙完杂事，终于有时间上山了。春天骤然来临，草木似乎在一夜间苏醒，柳树的金色和绿色嫩芽纷迭生出（雄株黄，雌株绿），窗口的马褂木开足马力长叶子，每天看窗景感觉绿叶密度都不一样，上次在上山的路边，看见有年轻的女人，跨过围栏，掏出随身带的小眉剪在挖荠菜……大家都被热烈的春情感染了。

我急不可耐地抽空去山上，是为了去植物园的蔷薇区学习。这几天，得趁着海棠开花、美人梅什么的还没落，好好地分辨一下蔷薇科植物——植物园里也有很多常见植物，比如栾树、海棠，但是它们的类别更加丰富，比如栾树，大街上种的应该都是黄山栾树，但植物园有些复羽叶栾树，目测身形更加高大，又比如海棠和玉兰的品种也比较全，可以拿实物和图册里的画面一一对应，加深记忆。我的视觉辨识力不算特别好，只能以勤补拙，去反复地观摹和强记。

格物，当然也是需要天赋的。前些日子看汤川秀树的自传，说他爸爸是个地质学家，也很想培养他接班，但是自然课老师拿来一些矿石给他看，让他记住形貌特征，他总是傻傻分不清。他确认自己不擅长对具体事物的感知和分辨以及记忆，他的兴趣和才能在于思考抽象理论，比如琢磨高等数学和量子物理学，以及哲学。所以他拒绝承袭父业，最后成了第一个获得诺贝尔物理学奖的亚洲人。

色名，也就是色彩的名字，这是我一直很感兴趣的一门“学问”。在日本的色彩命名体系里，颜色分类非常细致，而且紧扣生活、大自然、周边万物。色名可以得自植物，比如柳色、藤色；更可以进而分化到植物的不同生长阶段和状态中，比如栗色，浅一点的就叫“栗色”，是林中栗子的原色，从斗壳里出来时的那种棕色，深一点，是“落栗色”，是深秋时，栗子完全成熟后落在枯枝和草皮上的颜色；另外，还有“蒸栗色”，是柔和的黄，顾名思义，是栗子被蒸得软熟之后的颜色。像是栗子的色彩三部曲。我想，这就是我对色彩学的认知快感来源，它是活生生地从生活经验中长出来的，并不是抽象的概念繁衍。一段色彩语言精致丰富的文字，就可以在你眼前端出一桌生活的盛宴。

有个先天聋人，叫马西厄，一直到十四岁，他都只能打一些简单的自家的手语（他们家有五个兄弟姐妹也是聋人），他在自家的农场里，看见种种事物，猪、马、牛、驴子，可是他不知道怎么称呼这些东西，更勿论拿它们去思考和传递信息。后来一个研究者写字给他看，他突然明白了文字与物象的关系，无比兴奋，急不可待地向别人打听东西的名称，陪他的人也很累，要不停地写下路过的果园里每个水果的名字……随着心里积累的名字越来越多，马西厄和世界的关系发生了翻天覆地的变化，"文字的力量非同凡响，它具有定义事物、论析条理、将实体世界转化成概念与名称所塑造的虚拟情境"，名字，大大拓展了马西厄的心灵版图。

名字，往往牵系着一物一地的前世今生，比如塘坊廊、船板巷、剪子巷、米巷、箍桶巷。有些名字则是直接长着脸——我喜欢读《牡丹谱》《梅谱》《菊谱》之类的书，来看看牡丹、菊花的名字：蜀江锦、万花主、一簇锦、丹凤羽、出塞妆、无双燕、珊瑚映目……可以根据名字，想象它们的娇容，"绿珠坠玉楼"是绿蕊白牡丹，"万铃菊"当然花型像小铃铛，花蕊突出如铃铛的舌头，多么娇俏的名字。即使只是在唇齿间滑出来，就觉得美好。因为名字所系，花儿一下在脑子里生动起来，有了生命的体息。

有名字的东西，就有了故事和记忆的叠加。公元五世纪到十世纪，数以千计的僧侣，在大不列颠和爱尔兰，辗转于岬角、岛屿和荒野蛮荒之地，为的是在苦行中静修，获得神悟。他们奔去的荒地，都是没有命名的……无名之地，没有人涉足，没有被文明污染，也没有文化积淀和人文的积累，那是真正的荒地，更适宜于修行。

我一直很喜欢看工美书，里面有很多传统纹样，这些纹样也有很多很美的名字。折枝梅花、串枝萱草、缠枝牡丹、曲水四季花纹……仅仅是简单的白描，就让人眼前一片锦绣盛开，更勿论那些香艳意衍的名字，比如“香腮雪”，一下就能看到美人贴面的花钿、嗅到镂空香囊衬出的氤氲体香，又比如“忆长安”，顿时，旖旎的琵琶声、胡琴声、胡地音乐、波斯舞曲在耳边渐次响起。

威廉·莫里斯的每款纹样都是有名字的，有的很朴素，直陈事实，比如郁金香、柳叶、卷草纹，有的是浸润在情节里的小短片，比如“草莓小偷”，就是莫里斯在家里的花园里，看见偷师的鹪鸟而得到的灵感，他女儿在回忆录里说她爸爸每天一大早就去观察鹪鸟，并在花园里的苗圃劳作了，他会大声呵斥粗手粗脚的园丁，他不许任何人碰到他的鸟。所以一看到这个名字，想到那个在花圃里悄然伫立、屏息观鸟的大胖子画家莫里斯，我就想笑。

“草莓小偷”，这个名字也让我想起一个星野道夫笔下的故事，他和妻子在酷寒的阿拉斯加，辛辛苦苦地搬土建了个阳台花园，里面种了很多盆栽植物，包括草莓，可是每次草莓要成熟之际，就会被偷走，然后原处还留下一个栗子，像是有人拿栗子换走了草莓，后来他们原地守候，发现小偷是个松鼠，松鼠在搬运食物的回程中，被草莓诱惑，放下栗子，拿走了草莓……非常温情又趣致的极地故事。

把这一些，通通都给我吧

有一次，无意中读到一本日本女摄影师石内都的书，我当时根本就不知道她是谁，对书没什么感触，字体印得很大，很醒目，照片也是脏兮兮的，不是破房子就是并不精致的肢体，初次阅读体验不好。

这几天我又去重翻石内都的书，突然觉得非常喜欢。

七十一岁的石内都，满头白发，穿着牛仔裤，左手一只鲜红色的手表，酷帅极了。又想起七十多岁还穿着白衬衫和儿子环球开音乐会的帕蒂·史密斯，七十多岁，满脸褶子，还在和同性恋女友环游世界的托芙·扬松。

她们根本就没怎么养护肉身，可是我很快会忘记她们的皮相，而被某种活力浸润。我说的，不是“一颗年轻的心”这种鸡汤术语，而是：她们与时间相处的心态，是松弛的。

年轻人根本就意识不到时间，肆意地浪掷时间，油腻的中老年人，被时间彻底打败，缴械于啤酒肚和秃顶。更多的人，态度居中，与时间隔岸对峙，既紧张又警醒，既落败又不甘——平日我们花了四千块，只拿到了一千八的货物，可能会气愤地投诉到12315，唯有在和时间的交易上，四十岁的人，恨不能减龄到十八岁。

而石内都她们的青春感，大概是来自接过这张时间的账单时，那懒得还价的坦然。

石内都让我感动的,就是她在作品中对“时间”的理解。

四十岁时，她突然想搞清楚“时间都到哪里去了？”，就去拍了很多不再年轻的四十岁的女人们。

这些女人里面，包括摄影师荒木经惟的老婆荒木阳子，我曾经读过阳子的书，参观过她清奇的脑回路——她对荒木经惟拍的那些惊世骇俗的照片有蠢蠢欲动的好奇心，觉得有趣。并且，这个男人，永远不会让她厌倦。有一次，荒木阳子出于玩心，也拍摄过石内都，把石内都化上工工整整的妆容，穿上黑裙子，在阳子的镜头里，石内都渐渐柔软和妩媚起来，像一只温柔的野兽。阳子很兴奋，连拍了六卷。

石内都和荒木阳子，这两个同年出生的女人，一个以凶狠的力量感获取摄影奖，日常中素颜、穿牛仔裤，七十一岁时还不带助手，以一种自焚般的工作热情，奔赴各地拍摄。而另外一个，女性化得多，怎么也不能对摄影机这种机械之物产生迷恋感，偶尔拍着玩的时候，因浓妆而板结的睫毛膏就会碰触到镜头，很不方便。

被硬邦邦、凶巴巴的石内都拍摄过没多久，甜甜软软的阳子，就死于癌症。阳子，爱吃、爱玩、爱喝酒的阳子，她爱着的粉红桃花和白色雪柳还盛开在寺庙里，她，却永远终止在四十二岁的时间节点上，还来不及长出皱纹和一头华发。

那本四十岁女人的照片集，并不清新优美，石内都说："当我看到那些人的手和脚时，非常非常感动，手也好，脚底也好，都是身体的最末端，是人身上最丑陋的部位，但那也是一个严严实实装满了时间与外界气息的地方，脚上的水泡、茧子，是那个人身上时间和历史的凝结点。"

她曾经拎着三十五毫米相机，对着一个白种男人拍摄，那人一点点放下戒备，慢慢脱下了自己的衣服，石内都说："你有伤疤吗？如果有，我也想拍摄。"

她的故乡是横须贺，日本战败后，美军舰队就驻扎此地，它有婀娜的异域风情，也有带着屈辱味道的历史感。成年后，石内都回去拍摄它，她拍荒废的美军俱乐部，街头留下的英文招牌，接待美军的红灯区里，艺伎穿过的，带着汗味和油渍的旧和服，腰部已经被撑出了肉体的形状……她喜欢拍人类、城市和时间的伤痕。

她不要一张光洁无瑕的精修脸，也不强求“备受摧残的容颜”，她要的，是与时间的公平交易：那被青春热情所灼伤的伤疤、被命运无常磨出的心的老茧、被时间磨损的肉体，还有，被遗忘在时间皱褶处的记忆。

她的镜头，就是在说：“把这一切，通通都给我吧。”

我偏爱的另外一个日本摄影师，是藤原新也。在二十世纪六十年代，彼时还是热血青年的他，拎着几件换洗衣服，就去印度晃荡了十三年，他露宿过雪山顶，近距离拍摄印度教的火化仪式，闻着不同的体质在燃烧时的气味，有次冲动上来，还吃了骨灰。二十多年后，五十九岁的藤原新也，为了给亡兄和亡父寻找亡魂的归宿，在他们死后，去庙里礼拜。有次，他听到身边朝圣的母亲对小小的女儿说：“这是弘法菩萨住的地方哦，你去和他打个招呼，说‘菩萨，你好’！”藤原新也在一旁静静听着，感动，恍然。

二十世纪六十年代的日本，三岛由纪夫自杀，石油危机，冷战白热化，学运爆发，在那些热血又颓丧的日子里：石内都翻过街战的堡垒去拍照；村上春树逃课听爵士；藤原新也，去了印度晃荡；森山大道，在美军常驻的横须贺，整日游荡，偷拍风尘女和小偷。

而这一批人，在中年以后，都像深烘咖啡豆一样，发出了醇厚迷人的味道。如果没有那个跪地品尝骨灰的激烈青春，就不会有五十九岁的安宁和澄澈。这正是时间给予他们的——照片也好，文字也罢，说到底，和我们的生命一样，不过是时间的容器。我曾经在时间中成长和受伤，欢笑和哭泣，在全部的时间广度上用力地活过，当然也具有这一切累积而成的质感。我并不是赞美皱纹和老丑，而是觉得：与冻龄的脸相比，知道自己想要什么，用力地执行自己的人生目标，这些才是更重要的。我无所谓对时间缴械或减龄，只想说：

“把这一切，通通都给我吧。”

眼之热情

《戴珍珠耳环的少女》，在电影里，维米尔是朱丽叶的色彩启蒙老师，教会她“看”的那个人。他问：你看天上的云是什么颜色？ 女孩凝望着天际的云絮，迟疑地说：“白色？”她再看，又说：“不，有蓝色、黄色、灰色……有很多颜色。”

从此以后，女孩的世界将会缤纷，更准确地说，是“视界”。

我至今记得，在孩子小的时候，我和她常常去附近的大学校园散步，回来以后，她用画笔，我用文字，记录当天的情形。结果让我有点吃惊，她记得树叶在树枝的什么位置，记得准确的色彩分布，我只有一个想当然的文字总结，也就是说，在我“看”之前，我的头脑，已经拿固有的概念，把这个题目回答完了，“树叶是绿的，天是蓝的”，我“看”到的，是我脑海里预存的。而孩子看到的，才是新鲜真实的万物。

从此，我每次在湖边散步，山下仰望，都记得要拨开陈见，看见新天新地。

因为我长年写评论，很害怕自己会沉积出一种"评论腔"，所以，作为一种换手训练，我会试着写一些描述记录性的文字，没有分析和判断，只是去观察和实录。在这个过程中，我发现，不但是语言，包括我的性格，其实也有改变。观察、眼见，对体察美、感受和理解世界，是很重要的。

看，是打开自己，接纳万物，让众生涌进肉眼，进入心眼。同样，写，不仅仅用脑子写，也要用身体和心。

再谈谈梭罗，我对他的喜欢，是基于他完整的作品体系，也就是说，除了大名鼎鼎的《瓦尔登湖》，更因为他后半生写的《野果》《种子的信仰》。梭罗的论道，其实是有点繁冗的，而他最打动我的地方，恰恰是他后期的身体性，也就是，他迈开双脚，甩开膀子，大步走进田野，顶着一个标本收集架，沿着满脚泥巴，去看 6 月 28 号开的花，去看某日又多长了几公分的草，去观察和体验。他也启动了美国自然文学的行动之风气。

科学家海因里希写的《夏日的世界》《冬日的世界》，是近期看到的最优秀的科普书。他记录并画下了很多动植物，扎实有料，信息量满满——写草木鸟虫，其实我更喜欢科学家和农学家：摆事实，讲原理，列数据，朴素、精确、可信，不添枝加叶，不漫天抒情，不过度人格化。文人写花草文，常常有一个弊端，就是还没有仔细地观察，就开始抒发情怀了，不紧扣观察对象，松手太早，文学化的"美颜"，淹没了事物的本相。

有次，在图书馆翻本书，作者写着写着，突然开始大幅抒情和华丽描述了……很简单，他碰到了知识盲区，又不愿意花力气去研究观察，就用"加戏"这种假动作来绕开……这种浅技术没啥意思。可以朴素得清浅,也可以用心得深刻，写作，尤如做人，最重要是：老实。

海因里希，他是真的睁开了眼睛去看的，我记得很清楚，在他画的树枝上，我看到了松鼠的小啮痕。很多博物学家（比如奥托和雷杜德），包括一些自然爱好者，都擅长手绘。与瞬间占有的游客式摄影不同，一笔一笔画出的手绘，是通心的，它需要极为认真的观察，近乎于层层深入的沉思。

科学家的书，都是干爽紧实的，没有水汽弥漫的抒情意味，但是，仅仅是这双热情的眼睛，已经动用了巨大的情感力量，一个人有多爱这世界，才会在零下十几度的冬日，天天去森林里看鸟，爬上树梢，研究鸟巢，再搓暖了手，不厌其烦地在本子上，画下飞羽、廓羽和绒毛啊。

眼之喜悦

秋天，就想上山，丛丛蓼花正开得盛，处于“红蓼花繁”的鼎盛期，回家路上，是菊科植物的大狂欢：马兰、小甘菊、飞蓬、万寿菊、荷兰菊、金光菊……而之前异色缤纷的百日菊，已经凋谢了。我爱读陶渊明，喜欢他酒杯里浮动的菊瓣，我自己也出生在“菊月”。

某日，在山路转角处，忽然发现了几株美丽的木芙蓉：数株是红色，另外又有一株是白色。我观看良久，不忍离去。家里的植物，也在清秋中，怡然自得：桃蛋肉墩墩，玉露半透明带着玉质感，雅乐之舞吐出红蕊，春萌长势稳定，沙地玫瑰慢慢绽开，还有小朋友最喜欢的那盆熊童子，熊掌型的叶瓣越发胖乎乎，小朋友摸了摸它的小爪子，觉得它终于配得上它的名字了。

天天抬头看树，在观察银杏的颜色，想着等一树金黄时，

去看老寺里那几棵千年老树。马褂木、榉树、黄栌皆已然变色，银杏却还在青黄交接中。常常进山的人，会从花开的程度、鸟叫的喧嚣和稀落中，辨出大概时段，要想看到“数枝红蓼醉清秋”，七点多，树荫下的那些红蓼还有露水的余韵，八点多以后，就是全开，“蓼花挺蕊”了，才发现古人所写不虚。

在一本写台湾民谣的书里看到，客家话里，把黄昏到晚间的过渡时段，叫作“临暗”，更准确地说，“太阳即将接地至落日后余烬染天，称为‘临暗’”，而“晖灭后天空呈现白芒的弥留状态时，称为‘暮麻’，最后微光消失，称为‘断暗’。之后我们心甘情愿称之为‘暗哺’的，就真的是晚上了……在漫长的自然经济劳作史中，对客家农民而言，要紧的是每日的气象变化与每年的气节轮回……”不仅是用词的细腻和微妙，更是眼睛及其他官能的敏感度，以及引发的步步进阶的心灵变化。

其实，在农业社会，必须得眼观天象，以便调整耕种努力跟上契合农事便利的农时。而现代人出了（地铁、公交、私家车）车门，就是办公室，别说观天色，就是空气，都是机器调节后的。下班时天色全黑，回家或空闲时，基本都手持手机，注意力都被遥远的新闻事件、热点裹挟和占满，人也渐渐虚浮。也许，在某个小小的空调和人造环境、电子二手生活的接缝处，旅途中、等人时、到了手机信号不好的地方，才会瞄几眼天光吧。

静心观察，让盘旋在抽象理念和字句之中的思维落地，才会得到生活和美的真实感。诚如柳宗悦所说："谁都拥有一双眼，谁都能用眼来看物，但颇有心得的所见者，仍然少之又少。有时被所谓的知识所遮盖，有时被习惯搅浑，有时又被主张迷惑。打扰眼睛的情形比我们想象得多。要触及美本身，所有的考证、分析之类都会失去力量，因为这些会对直接看物有所打扰，而若不直接看物，则美的本质无法触及。"

"看"，不仅仅是肉眼的使用，也是心眼的启动。读过一个故事：姐姐因病失明，妹妹从此养成一个习惯，就是她无论到哪里，都会用心地观察周围，因为她要转述给姐姐听，让姐姐也"看"到这个世界。夏日的紫罗兰花盛开，妹妹努力地描述着繁花盛开的美景，姐姐一边听，一边心醉地嗅着花香说："我仍然相信上帝是善良的。"心怀信仰，温柔而坚定，感恩一切已经得到的。在这里，"看"是爱的给予与流动，人和人，人和神，人和命运。

淡菊

我喜欢

下大雪了，无端地就喜悦起来。

下雪天我做过什么呢？今冬第一场雪落在12月30日，那日我去图书馆借书，落地窗下，桌子边，全是复习迎考的学生。我心里特别快乐——那天我无意中查南图官网，发现期待中的一套书，居然上架了，而第二天就是公休日。我望着窗外的漫天雪花，冲进雪中，奔向图书馆，把厚如砖块的书抱回来，满足极了。家里的冰箱里有剩菜，本来我是想混过去，不想出门，但舌头可以马虎，精神不可以。

看《敦煌装饰图案》，结果是，从晚上到第二天，一直在选敦煌图案胶带……话说不管什么爱，最后都要情归淘宝。把胶带一条条小心地粘在手账本上，查书，注明此图案的来源、文化渊源，比如象征三世轮回的三兔共耳、中唐的茶花卷草纹。

又比如有三款花样，都是忍冬纹样，第一个是来自敦煌隋代416窟，是旋转忍冬花纹，另外两个来自西魏285窟，而这两个同窟的忍冬纹也不一样，一个是维持了花的原型，另外一个是变形忍冬，就是花籽周围旋出四片花纹……三种忍冬纹，对比看，可以看出纹样浸润在时代审美变化中的流变。饶有趣味，让人回味良久。一千多年前的某个工匠，留在鸣沙山上的创作，让我高兴了一个晚上。（最后循例记账，账目方面，自欺欺人地计入"购买学习资料"。）

在我很年轻的时候，每天早晨醒来，睁开眼后的世界，我知道无数的可能性会绽放，那有所期待的快乐，哪怕伴随着一些感伤也是微甜的。活着，仅仅是活着，就让人感到喜悦。很多年前，我失去了这种感觉，最近几年，它们又慢慢回来了。

在图书馆借书时，空气中突然一阵香气来袭，是百瑞德的超级雪松，我寻香而去，发现香气来自一个穿浅色大衣的女孩子，她戴一顶浅口灰色帽子，静静地立在日本文学架前，慢慢地移步选书。这款香水有微醺感，在秋冬的寒意底纹里，犹然凛冽，像空气里飘送的一首小提琴夜曲。

雪松香水，对我已属于过于明亮的高音区，我已久不用它，我现在更接近大提琴的低徊——夏天喷点李氏花园（池塘潮湿的气味，石子和巨竹的芬芳，连池塘里的鱼，都悠悠地活了一百年，这款香的意蕴，就像我深爱的常玉，闲笔侧锋地勾勒出东方的散淡枯意），秋天穿大毛衣时，我会用巴赫的松木。然而这一刻，气味成了某种暗语。这雪松香，和这眉目干净的女孩子，遥遥呼应着窗外冬日落尽叶子的枯枝，犹如一幅静物画，往日的气味附于形，无翼而来。

我喜欢，我喜欢看见好看的脸，我喜欢聪明并且温暖的人，我喜欢闻到附带情境记忆的香气，我喜欢无意中擦过一股清香，回头才发现是路过了一株层叠冰绡的蜡梅，我喜欢成排的水杉，看它们微黄的叶梢映着冬日晴寒的天空，我急不可耐地想尝试这一季的新口红色号，我喜欢与美相遇……

看见一个网友说，“看 BBC 关于大英博物馆的纪录片里采访一位植物学家，她的工作是为来自全世界的植物命名、分类，说每天早上起来充满期待：今天会遇到什么好玩的植物呢？好期待。说这些的时候她的眼睛在发光在微笑。好像从那时起，我心里隐隐有一颗种子，想要追寻这样的生活”。

这些，我都明白，都明白啊。

那是生命的活性。就好比托尔斯泰，他是一个思维极其活跃、马力强大的人，最多的时候同时在写七篇小说（读他日记时发现的），另外他还在写日记。又比如达·芬奇，画《最后的晚餐》到半路，他突然心血来潮地跑去设计一个米兰香肠制造机，以至于画中使徒的那张脸久久地空白着。与此同时，他还要帮公爵制造城堡的热水系统，发明飞行器和最早的自行车等等。

这种生命活性特别强，能量很大、迈开大步拼命向前奔跑，把一切生命的枯叶都甩在身后的人，总是深深地吸引着我。他们当然也会老，会死，活性的物质，必然会镌刻时间的深度，而那正是生命的感人之处，一朵会谢的真花，比千年塑料花，美一万倍。死亡和衰老，正是活性的证明。

“沮丧者不阅读、不言语、不奏乐”，别说创作，就连欣赏美，看见美，听到美，都需要生命的活性。枯木、死水、沉船一样烂掉的心，看不见、听不见、嗅不到，而我，我真是喜欢活着啊，我要把“活着”用力地喜欢。

《绝唱》里，女佣小雪对着少爷的追求，惊慌失措：“少爷，我配不上你，我睡觉磨牙，我偷吃厨房的东西，我长得不好看。”每说一句，少爷就柔声接道：“我喜欢……”最近几年，我突然丧失了年龄感，也忽然开始明白爱，不是男女，而是在生命的全部广度上。生命对我说，“除了美和爱，我还要给你一点波澜”，“我要给你五味俱全的人生哦”，我坦然应道：“我喜欢。”

与美相傍

我们家实在是年感稀薄。年关渐近，一切如常：我去图书馆借书、收集整理资料、陪皮皮做作业，吃简单素净的三餐，睡不太稳的觉（用脑过度的人，免不了失眠），完全意识不到“年”的逼近。

去年大年初一，到妈妈家吃饭，下楼时，顺手就把垃圾倒了，饭桌上我妈在那里闲聊：“今天初一顺便偷懒，不扫地不倒垃圾。”我才突然反应过来，把一年的财气给倒了——老南京风俗，初一的水、垃圾（包括灰）通通都转译成“财气”，所以不能洗澡洗头、扫尘倒垃圾，否则就是把一年的财气给倒了。这下慌神了，事关前方的三百多天，这阴暗的心理暗示会造成心头阴霾的，赶紧百度，“大年初一，不小心倒掉垃圾怎么办？”高人妙语回答：“捡回来呗！”

所幸那天是初一，环卫所放半天假，时至中午，清洁工人才扫到主干道，我遥遥地望着他们的身影，祈愿我那包垃圾还在——这是一包卧室垃圾，装的都是废纸和零食袋子，用作垃圾袋的是来伊份的红纸袋，一眼就可以识别出来。我奔至分类垃圾桶，发现里面几乎没有垃圾（看来大家记性都比我好），三两下捡出我的垃圾，不对，是我一年的财气！路人都回头瞄我：一个衣帽整齐、妆容楚楚的女人，大年初一还在翻垃圾桶，眼含热泪地抱着一袋垃圾！

今年，为了预防悲剧重演，早早地，我就把过年禁忌查好，一条条地抄在便笺纸上，贴在工作台的备忘区里，时时提醒自己。我妈天天说："五号就是除夕了，我们先把鸡订了，鱼和蔬菜提前一天就行。"到了三号晚上，我上南图官网，查书籍在架信息，准备第二天去借，突然发现南图公告说四号除夕闭馆，我赶紧给我妈打电话："妈呀，除夕是四号不是五号！"

还好我表哥前几天回国来看望我们，给带了加拿大鲑鱼，鱼和鸡算是都齐活了，我奔到超市买了肚片、虾仁、鳝鱼片、洋葱、青红椒，再炒几个热菜，剥个皮蛋，这除夕就算过了，看看墙上的记事贴，觉得好险啊。

过年，对我来说最大的痛苦，莫过于快递停运，买不到急需查找的资料书。年前在当当买了最后一单，是两个波兰人的书：辛波斯卡的诗集和米沃什在“蓝色东欧”系列里的随笔集《道边狗》。这两本书初一早晨到了，由此我收到的第一份新年礼物，也是书。自那天起，当当停运，只剩京东一家独秀，我在京东又买了两本关于日本陶器的书，初四给我送来了。一个半大小子，十岁样子，立在门口，头戴风雪帽，身穿大棉袄，稀疏落下的雨雪中，他蜷缩在爸爸的三轮车上，爸爸开到地点，他就送上楼，我遥遥地对他喊了句：“新年快乐，你真能干！谢谢你。”真可惜，早知道是个小孩，应该带块巧克力塞给他。

在读书的途中，会不断衍生出新的书单，我一边做笔记，一边把有阅读意向的延伸书目拿去下单。过年期间读了四个女作家的传记：画彼得兔的波特传记、写《纯真年代》的伊迪丝·华顿传记、侦探小说女王克里斯蒂自传、画姆咪的扬松的传记。

纵向而言，我想把几个女作家做个比较，横向的好奇心，是对女作家伊迪丝·华顿和建筑师赖特，华顿和赖特是同

时代出生的美国人，却走向了完全不同的人生道路。就这么好奇心一生起，已经是好几本书的阅读计划了。

南图初三开门，先去把图书馆能借到的书借来，大过年的，图书馆人迹寥寥，分外清静，暖气轻柔，一不小心就看到了下午一点半，站起来头晕目眩，有点低血糖了。

初七开始，街上终于出现了我整个春节都朝思暮想的人——快递小哥。我喜滋滋地对我妈说："我听见收破烂的开始吆喝了。"我妈对我报以甜蜜的一笑："卖大饼的好像也在喊呢。"这个城市又恢复了血脉畅通的生机，我赶紧催卖家发货，资料书一本本从全国各地奔赴小区的快递柜。

春节实在没啥可说，早起给植物们浇水，给花儿们修枝剪叶，把书们重新排列，去阁楼找最近写作主题需要的资料，在相框里换上新的画芯。有时在一幅新画面前，被它的构图、色彩迷住，站上半个小时；有时我会反复地抚摩我的绣球花杯子，欣赏它上面的浅刻花工艺。画也好，物品也好，空间也好，说到底，不过盛放生命气息的媒介，某一颗心曾经怀有的美与情，通过它们，传到我们的眼与心里，而已。我看着它们，听着电脑里放着《温柔时刻》的配曲，在空气中静静地流淌。这时，我会觉得真是幸福啊，幸福满得都快溢出来了。

夜里读到东山魁夷给川端康成写的信：“先生经历过诸多不幸，我也曾经在战争中失去了所有的亲人……我将黑暗与悲痛藏于心间，不曾对人和盘托出，但是，正是怀有黑暗与苦难的人，也是希冀灵魂的幸福与平安的人，我在作品中表现的静谧，莫若说是未能得偿所愿才怀有的希冀……我和先生与美相傍，何其幸福。”又看到安藤忠雄接受采访时说道：“一个人真正的幸福并不是待在光明之中。从远处凝望光明，朝它奋力奔去，就在那拼命忘我的时间里，才有人生真正的充实。”

逆风而行，甩甩头发，甩掉冰柯与心头的积灰，朝着光明那方，手掬点滴的生命之美，心怀希望，与美相伴，奋力前行，这样的人生，正是这样的人生，为我所爱着。

2019 年新年记

心灵小屋

定期清理旧书，收拾书墙的时候，发现自己居然买过那么多的家居类杂志。若论热爱阅读的书籍类型，这肯定是排在前列的。

当年，随着经济起飞，中国的时尚类杂志开始兴起，除了美妆、衣饰、餐饮之外，它们往往也配有家居分册。被采访的多是名流，名演员、商界精英、名媛等等。夫妻俩穿着光鲜的衣服，血统高贵的宠物活泼可爱，家里到处放满了缤纷的鲜花，睡房里一张“写意空间”的床（那个法国牌子的床在床尾有个托盘，我很喜欢），德国或日本牌子的厕所用具，永远光洁如新。

当年的国民没有那么多的出国机会，更勿论网购和海淘，也不知道何为北欧 INS 风和无印风，而这些房主搁架和橱柜里摆放的地中海风海盗船，茶几、桌上的一盘日本和果子，甚至只是书桌上的一支德国万宝龙钢笔，都让眼界狭隘的我，注视良久。我并非渴望华丽的物质，更多的，倒是向往他们能涉足的外部世界。

铜版纸的杂志，捧在手上沉沉的，在夜晚翻页时，纸页会发出微微的光亮，有高级感却让人眼花。像是出没在这类杂志里的人，被主流社会的成功感笼罩，带着炫目的高光感。

我最喜欢的，却是早期的《瑞丽家居》，这本杂志来自日本，有日系的那种精于细处的生活感。杂志里有女孩子拿很廉价的简易家具，甚至一只帽子、一条围巾，装扮出一间温馨的出租屋。就像困难时代里那些好不容易买到一条外贸裙子，然后四处寻访一只相配的木头手镯的姑娘，那心意重于价格的精神奢侈感，是由爱美的心、年轻时喷薄的生活热情融汇而成，又受限于窘迫的物质条件，而正因为容器狭小，那热情，就像一杯握在手中的热茶，更是贴手暖心。

近几年看的家居杂志很少，有时会收到一些家居主题书。喜欢的是，现在的受访者中，有的是夫妻带着孩子，也就是主流社会的人际单元，其他更多的是单身，或同居情侣，还有同性恋人……也就是说,“家”的意味,被扩大了。任何人,都可以精神敞亮地生活,拥有和经营一处庇护自己的“家”。“家”也无视成规,客厅可能放着工作台,搁一个淘来的老榆木茶几或一块自己设计的布料,肆意地舒展着灵性的触角,被猫狗抓烂的破沙发、褪色的椅面,这些无心经营的细节处,散发浓郁的个人体味……多元而丰富的自由,在“家”里得到了体现。“家”有了更广阔的意喻、更丰厚的抒情意味。

而在很多年前,结婚、买房、成家,这个程序和“空间”的捆绑形式是非常僵硬的……两个年轻人准备结婚了,只能去家具城选购大同小异的家具,然后,客厅是一组沙发围着电视,卧室是一个大衣橱对着床,所有人都一式一样地被塞进这个模式里,生活只有一个尺码……很多人离开父母就是丈夫,从未有过一间自己的小屋。

我从小就喜欢小屋,不是时尚类杂志里那种有钱人的豪宅,而是接近在日剧中常见的那种:一个二三十平米的空间,没有明晰的功能区分割,只有一点微妙的小隔断,无油烟厨房连着吧台式小餐桌,布艺双人沙发对着小小的电视,床上铺着干干净净的亚麻床单,一张小小的工作台,上面有

50

零星的化妆品、摊放的书、燃到一半的香烛，还有几盆绿植。可以一个人听着广播煮麦片，抱着薯条对着周星驰狂笑，也能默默地把头埋在床单里低泣，饱满而丰富的孤独。

一直到现在，我还是很爱逛家具城或是宜家的样板房，一间一间的小屋，二三十平米或更小，五脏俱全地布置着起居家具、灯具、坐具、寝具，甚至，书架上的书还歪着，衣橱里的衣服散落着，一种高仿日常的、生动的生活气息，“此中有人，呼之欲出”。

迷人的，不是“空间”本身，而是它代表的那种生活——梭罗写《瓦尔登湖》的哲思小屋，鸭长明独居自炊，在里面写出《方丈记》的小草庵……这些小屋，不仅是栖身空间，更是一个附于形的独立思考的图腾。

我甚至想，每个人的一生中，在从父母的家到夫妻的家之间，一定要经过这么一个阶段，才能被挤压成型。明白一个人也能拥有完整的生活，不是出于对单身和衰老的恐惧，去胡乱抓取一段低质的关系来靠岸。

近年来看了很多建筑书，建筑师，有大有小，我说的不是在建筑史上的地位，而是他们的着眼点……其实建筑是七大艺术中离我们最近的，因为，我们时时刻刻都活在“房子”和“空间”之中，建筑师不仅仅是盖楼群的，更影响到城市规划，很多的大牌建筑师，都是心怀高远，把城市“空间”当成是执行自己的普世价值观的地方。

可是我喜欢的，却是那个“大”中的“小”。比如中村好文，他是我特别羡慕的人，因为他身兼双重身份，既是一个有创造力的建筑师，也是一个有鉴赏力的建筑评论家。也就是，既能下厨又会享受美食。他自称是“小屋爱好者”，趁工作机会，走遍了世界著名的小屋：柯布西耶的林间小屋、安藤忠雄的长屋、摩尔的海牧场、伊姆斯那个彩色屋子……运气好的话，还能预约住一晚，他还给自己盖了一个小树屋，我真是羡慕死他了。

我并不觉得他写得好，而是喜欢那种活泼的生趣。他是真爱过日子，设计中也带着贴地的暖意：“我对市井生活感兴趣，喜欢住宅内外发生的日常琐事和生活机微。”他会给客户的房子配一把长着兔子耳朵的小椅子，因为看见了对方可爱的小女儿。大概是这些温柔的小角落，让我觉得亲切。与宏观大论的野心相比，“生活的内侧”也一样重要啊。

冰箱

妈妈家的老冰箱，已经用了很多年。仍然记得，在我很小的时候，某天，爸爸凭票买来这个冰箱：单门的，浅米色，深咖色把手。它小巧玲珑，傲然立于我们家房子的一角，我们都视为神奇之物，它能把水结成冰哎！趁我爸不在家，和小伙伴们把冷牛奶放进冰格，想做成我们想吃的冰砖，当然，没有琼脂和凝乳剂，做出来的东西是团不成形的怪物，和店售的冰砖完全不是一个东西。

时光流逝，勤勤勉勉奋力工作多年的冰箱，也走向了衰老，光洁的外壳染上了斑驳锈迹，每天早晨，妈妈要坐在小板凳上，用抹布擦拭它的冷藏室，不然，它就会结出厚厚的霜层。它小小的容积，也日益无法满足我们家的需求：大的西瓜不能买，否则便会占去相当一部分冰箱的宝贵空间；酸梅汤不能煮，否则几个大海碗一摊开，至少是半层的面积；

冬天的香肠，我们过冬的灵魂食物，每天蒸一段，配点蔬菜肉汤，就是一顿满意的晚餐，香肠，这饱我们口腹、足我们口福，支撑一个漫长灰暗冬日的功臣，一根根的，居然连个安身落脚处都没有，妈妈辛苦地踩着家用折叠梯，把它们送上高空通风处挂好，冰箱里可没它们的驻足地。

我晓之以理、动之以情，并告知以种种好处，想给我妈换掉那个冰箱。知道她务实节俭，不用坏坚决不扔，我就反复劝她："如果你换了大冰箱，我们就可以在网上买食材，批发价很便宜，你也不用反复出去买菜，可以节省体力，菜也可以一次烧多一点，多么方便。我也可以给孩子批发冷饮，免得老去买。"冰箱老化的事实摆在眼前，不容否认，一向惜物的妈妈，终于被我说动了。

一个刚刚开始燠热的初夏，我带妈妈去商场看冰箱，力图以实物的美好促发她的购物欲，我们久不逛街，好不容易才找到已经搬家的家电城。这些年，冰箱的尺寸越做越大，出样的几乎都是大型冰箱，容积在二百升以上，但我妈身在市区，购物便利，她又喜欢新鲜的果蔬食材，不愿意大量储存，我觉得一百九十升左右的容积最适合她，并结合了我妈的身高、取物习惯，选了最合理的长、宽、高尺寸。她重洁净感，我就挑了白色，而避开了近年流行的沙金之类的金属色，妈妈不喜欢冷感不亲人的色系。待妈妈把旧冰箱里的东西，一点点地消耗完、收拾清理完，我才下单。这台为我们家鞠躬尽瘁了几十年的老冰箱，被擦拭干净后，卖了三十块钱，完成了它的服务生涯。

新冰箱到的那天，我们都有点小兴奋，一点点除去外包装、拆开纸壳，露出光洁外形的冰箱，和我们想象中的一模一样，我看着妈妈高兴的侧脸，心里松了口气。几乎无噪音地，它温和地启动了，只是一天不到的小小壁壳发热之后，它就完全进入了流利熟练工的工作状态。

有了新冰箱，小朋友喜滋滋地拿它做冷饮试验，自制牛奶碎碎冰；我也敢大量购置她爱吃的鬼脸娃娃冰砖；妈妈放开手脚，大碗大碗地搬进她煮好的绿豆汤、桂花酸梅汤，再不用东挪西腾，精心计算空间，小心地叠放；她买了各种我们喜欢的煮食和冷菜，备得足足的，我们随时都能去开门取物。

大家往返卧室和厨房的频率也高了，每个人都各取所需：

妈妈把处理好的半成品净菜分类放好，去了油的鸭腿呀，泡在清水里的豆腐呀；我爱吃隔夜冻硬的酱鸭翅，比起刚炖好的烂熟，它更有一层耐嚼的咬劲，皮质层被冻实之后的弹性，在唇齿间回荡，因为做的多，干脆就当零食吃；小朋友午睡起来，温书之前，先悠悠地吃一碗我留给她的冰碴碴——和店里现做现吃的不一样，家里的碴碴因为在路上的颠簸，红豆汁水融进了椰汁变成了红色，黑色龟苓膏、温柔粉紫的紫芋块、透明澄澈的西米，它们浮沉在碴碴的豆沙红里，这一碗参差作响的色彩奏鸣曲，是夏日午后长的沁凉注脚。大家都对这个新成员挺满意，时不时地，小朋友也好，我也好，都会夸奖一下我们的新冰箱。

我上网搜集了各类收纳器皿，准备给冰箱配上，我把图片给妈妈看，专门放鸡蛋的双层小盒子、顶上配挂钩可以直接钩挂在隔层上的小抽屉、能抽空气的真空保险盒，小小的一个一个，玲珑别致，里面是拣选过的净菜，绿蔬红果，煞是明丽，妈妈看得啧啧称好……新冰箱似乎徐徐打开了美好生活之门。

假如说书橱和书房，算是我的精神大本营，那么，对于

妈妈来说，冰箱就是她最重要的居家利器，而厨房，则是我们家的灵魂空间。东西不值钱，但家里平静安宁的氛围才是最宝贵的吧……如果是剑拔弩张、恶言相对的怨怼一家，即使是对着满室生辉的豪华装修，又有什么意义呢？

每天黄昏，是我们最幸福的时光：小朋友可以放下紧张的学习，散漫地谈些学校琐事；妈妈最热衷于听取我们对菜式的意见，好下次改进；我则随手接了信息球，再扔向空中，发散点评一番，大家就这么漫无边际地编织话题网……我们都是这网中快乐的游鱼，浸润在厮守中那平淡又温馨的时光之河里，任他两岸冬去春来。这流逝的，正是我们得到的。

谷雨说雨

到“谷雨”了，也应景地落了雨。我忍不住琢磨起谷雨和雨了。“谷雨”源自古人雨生百谷之说，清明断雪，谷雨断霜，这是春天的最后一个节气了。此时春景正盛：“夏燕筑巢，布谷拂羽，紫藤垂香，蔓蔓蔷薇，芍药于阶，酴醾香萝。”民间也有“谷雨三朝看牡丹”之说，所以牡丹俗称“谷雨花”。来看看旧时观花的热闹劲儿：“郡城有花之处，士女游观，远近踵至。”

但在生活中，牡丹的普及度大约是没那么高，达到俯拾皆是的密度，所以没人把谷雨时节下的雨叫“牡丹雨”，倒是有叫“桃花雨”的，毕竟桃花要平民家常得多，街边檐下，处处可见。我平时给皮背古诗词，但凡遇到什么“春来遍是桃花水”“桐花万里路”就觉得很容易举例，不像琼花什么难找实物。说回“谷雨”话题，更有务实人士，认为雨水有利农作物的生长，称它为“报喜雨”。

之前读《荆楚岁时记》，读得非常慢，为啥？因为我那个版本没有详细的注解。“三时雨”“月额雨”“洗车雨”“豆花雨”“榆荚雨”“催禾雨”，这些都是啥哟？一个个查过去，查得我老眼昏花，一阵忙乱。别看古人没有卡拉 OK、电子游戏、某宝团购，人家的生活也还是情致丰富、细节充沛的。且看语言的精致：“洗车雨”“洒泪雨”都是和牛郎织女二位相关的。“洗车雨”，专指农历七月初六下的雨，“最恨明朝洗车雨，不教回脚渡天河。”而初七的雨就叫“洒泪雨”了——难道是初六备车，初七幽会，聚散两依依的意思？啊哈，想想看，天上的雨掉下来，滴滴渗透了情节感。

中国是农业大国，所以语词与农事的关联度很大。“豆花雨”自然是豆花开时下的雨（现代人大概只知道“豆花鱼”吧，哈哈哈），至于春日的“榆荚雨”，夏日的“濯枝雨”“贺嘉雨”，秋日的“催禾雨”，都是为春耕秋收这首四季歌所押的韵脚。还有“十月”的“液雨”，百虫饮此而藏蛰，等于给农作物打药。

江南多雨，李清照从北地南迁后写：“伤心枕上三更雨，点滴霖霪。点滴霖霪。愁损北人,不惯起来听。”“点滴霖霪”这四个字白描素笔使得真好，把南方的雨那种层次丰富、连绵不绝全然道出，那雨要是“萧萧”还好，等下到“霖”的程度时，特别是半夜，独睡的人突然醒来，是觉得有淡淡的身世感。北方的雨是什么气质呢?有个北边的朋友告诉我，他们那里把大雷雨叫“闯雨”，这个莽撞又生猛的词，我觉得很有趣。

如果不是冬天的冻雨又下得没完，则小小的，舞步细碎的雨，在静心时听也很好。朱光潜的学生，要帮他扫落叶，他说不用 :“我等了好久才存了这么多层落叶，晚上在书房看书，可以听见雨落下来，风卷起的声音。”日本的庭院，有时要故意装一个铁皮屋顶，以便听雨。这是禅心。但是现在都住在全封闭的高楼，没有瓦屋顶也没有落叶堆，有时我听见雨打防雨棚的碎声，只觉心躁。

说说小女人的雨吧，梅雨季是我喜欢的，空气被雨洗过以后，清新洁净，新绿萌发，雨中的白玉兰、泡桐花，还有小叶女贞，街上台风吹断的梧桐叶梗的味道，都特别好闻。去年家门口还有夜市，有卖花的摊位，黄昏雨停，带皮皮散步，会给她看红掌和珠兰，还有茉莉，正是“蘋末风微六月凉，帘内珠兰茉莉香”，有时大雨中穿过南邮，光脚在木屐上打滑的时候，会想到“煞风景是大雷雨，博得游人赤脚归”。那是看荷花的人被雨淋了，想想也很美。

琢磨了这么半天的雨，第一次发现，这是个如此伤感的字眼。最伤心的哭泣，应该就是“雨泣”，无言的悲伤中，泪珠不断地滚下来，静音的情殇。老朋友叫“旧雨”，旧雨还能重逢，“一别如雨”则多用于情人，意即永不再见——雨是单向的，落下以后，回天乏力。偶尔也有安详得道的雨，《空谷幽兰》里比尔·波特形容一个得道的隐士，谢道长，说“他的心清澈得像久雨之后的天空”。

最近几日，在看周作人的闲情文章，突然觉得，江浙文化，其实从某个角度来说，就是被水汽滋养出来的。不仅是因为书里有很多关于水、乌篷船、清明坐船扫墓、由水路去上学的风物文章，更是文字中一种平淡舒缓、丰腴润泽、低处晕染的水感。我更记得，汪曾祺说过：“写风景，是和个人气质有关的……我是写不了泰山的，我对一切伟大的东西都格格不入。泰山进不了我的内部，我是生长在水边的人，一个平常的、平和的人，对于高山，只能仰止。”没有一丝高蹈的慕强之气。

谷雨和清明的日子里，我总是忍不住去湖边散步回家，空气的气味太好闻了，湿漉漉的，夹杂着淡淡的花香，又没饱和到梅雨季节那种捂在身上的黏滞感，路过楼下的紫藤花架时，我总是会想坐一会，歇歇脚，也歇歇心和脑子。没有什么比那种清淡的幽香，更能安抚着奔走一天的疲惫的心了。

不要仓促经过这世间

整理日记，发现近两个月上山次数颇多——春夏之交，万物嬗变，像人的婴幼儿时期一样，是密集变化的时刻，每过几天，就是一轮植物和景色的翻页和更迭。比如这几天，紫藤已歇，紫楝和金银花却日渐发香，樱桃也逐日发红，枝叶间伏着小鸟，每次经过，都能惊起几只。所以，总是忍不住放下书本，关了电脑，系上球鞋的带子，揣着紫米糕和茶叶蛋，拎一罐榛果咖啡，上山，上山，看……

栈道边的野芝麻开着白花，而野蔷薇的白花本来就单薄，现在更是被雨水打落，楚楚可怜，仔细看与我家楼下的白色蔷薇花型不太一样，我家那种蔷薇似乎是白玉堂，而路上经过白马公园眼见的攀墙红蔷薇，应该是七姐妹花……蔷薇的变种太多了，而国人历来重视花格，蔷薇这种卑微的平民花可能不被重视，家里只有《牡丹谱》和《梅兰竹菊谱》。

区域
勿入

可是五月就是蔷薇占满视线的月份，攀援的紫藤和木香渐渐衰落，它就劈天盖地地登场了，山道、香樟树下、流水潺潺的河边、院落的篱笆墙上、天地的书眉页脚，被它写满了小注脚。

我很喜欢到植物园看树，里面的很多树，其实就是常见树种，比如石楠什么的，但是因为不硬性修剪为树篱，这些树都能长得非常高大，展现出一种别样的野性，这个会让我很高兴，就像看见一个人离开了束缚他的环境，可以按照自己喜欢的方式来生活一样。

在植物园必须“躬身低首，缓缓而行”，因为到处都是植物的即兴小篇章，你要细细地读解：脚边不小心碰到的，可能是天天涂的马鞭草（手霜）的小紫花，那风中一闪而过的薄如竹纸、微微透明的粉白花，原来是手边翻阅的日本俳句集里的月见草啊，这就是精神世界的植物在日常中的实物体现，“门槛上的月见草”和“杨贵妃的梨花白”一样，也是种彩铅的色名，我瞅瞅这花，想象一下那微妙的色感。鸡爪槭随处可见，走近一看，它们也长出了紫红色的翅果，不像枫杨树那样成阵地挂下来，而是小小的一对，像柴犬的飞机耳一样竖着，非常“萌萌哒”。

就这样简单而丰盛地活着。

发现自己多了很多朋友，其实他们一直在那里，几年、十几年，大家像植物一样各自开花结果、遥遥相伴，没有骤热的逼近，就在这么淡淡的相守中，一点点熟悉了对方的身世、生活、气息，突然有一天，量变到质变，成了朋友……这种慢慢长成的关系，让我觉得安全、松弛。

最近，我的很多朋友，都在奔赴当地的公园观牡丹、插芍药，固然人生难免各种烦扰，但是她们都会在带孩子的忙乱、上下班的拥堵、人际龃龉之外，挤出一点时间，去看见这个世界的美，以慰己心，萤火微光，也足以照亮生命。那种真实去生活、吮吸每一滴美的汁液的渴望，像营养液一样，浸润和连接着我和朋友们。

下山，回家，这样的日子，往往是来不及做午饭，只能用老酸奶拌点黄瓜或水煮生菜打发。上网收信，收到书店店主回复，有本绝版老书还剩最后一本，赶紧拍下。午睡前读点麦克法伦的书。

这里再扯几句，关于《活山》的序言撰写者剑桥学者麦克法伦，和写《活山》的谢泼德一样，麦克法伦也是一个荒野爱好者。平日里常常去无人的荒地或者小岛，有时干脆睡在树林里。他引用别人的一句话，称对荒野的激情是一种“地理希望学”，也就是说，在人工智能、各项技术都越来越发达的今日，只有与自然的血肉相连，尚能挽救我们体内的人的活性……也许，这就是我常常上山的原因。

之前看过他的《心事如山》，不是很喜欢，但是这篇《活山》的序，洋洋洒洒，优美华丽。是一团揉透、揉熟的面，遂又重新去翻找他的书来看——有时会出现这种情况，就是有的人文学水平不是稳定发挥的，或是某本书未必契合你彼时彼地的心境，果然，换了一本《荒野之境》，感觉就很对胃口。

科学家海因里希的自然文学随笔之高妙处，是把一双诗情的眼睛和科学家精密的观察完美融合，而麦克法伦，是把学者的学术积淀完美地揉进了自然风味里。他在奔赴荒郊野地、海角荒岛的时候，一边记录着眼底风景，一边徐徐打开脑中书卷，而且过渡自然，看不出接缝处。

在冬日里想念一朵花

不记得这个雨下了多久……只是一天天重复的鞋底的濡湿、必须要用暖气去烘烤衣服的麻烦，让人心底发灰……因为下雨，已经很久没办法室外长距离散步了，也好久没有去上山看植物了。窝在家里读书，手头几本写园艺的散文书，循月而记的，仔细一看，居然都是从冬天开始……植物的生命在春天醒转，却是在冬天孕育的。

冬天的植物都在做什么呢？当最后一丛菊花在霜雪中凋零之后，雪白的球茎和各色植物的根系开始冬眠，它们安静地躺在冻土下面，等待来年的苏醒；当落叶树都褪光了枝叶，黯淡退场的时候，针叶树的黯绿开始成为冬天天际的色彩担当；这时，冬天的园丁——更准确地说，是作为园艺爱好者的作家和艺术家，又在做什么呢？

画家波特小姐——彼得兔的作者，我们应该记得在彼得兔的绘本中，那缤纷璀璨的花园、草垛及树林，彼得兔藏身的园艺工人用的水桶及逃跑时打翻的天竺葵，波特小姐把那散落的花瓣画得多么栩栩如生啊。诸多细节指向，她是一个资深而且悉心的园艺爱好者。小时候，她算是生活在中产之家，可以拥有街心花园的钥匙，这是中产特权的一部分，她很喜欢在里面散步，在她的日记和信件里，我也常常看到,她喜欢去丘园（英国的皇家植物园）观摩植物——英国人本来就喜欢园艺,而且盛产优秀的园丁。“英国园丁”，更准确地说，是“苏格兰园丁”，和巴黎的法语女教师，还有中国厨子、英国管家，都是举世闻名，已经被标签化的职业身份。

当唐松草在寒风中瑟瑟发抖，而冰霜又为最后的雪花莲镶上银边时，波特小姐在观察木本植物裸露的躯干，做植物写生笔记：“我们可以在冬天全凭枝干辨认出每一种树，所以，闲暇该多研究枝干的形态……”她注意到金银花、白蜡树、枫树的枝是对生的，而杜鹃花、桦树、橡树的枝是一左一右互生的，当然，这些记忆库里的冬天树干，最后都会落笔到她的绘本中成像。

作家梅·萨藤，因为长时间的落雪而无法外出，热爱园艺的她没法耙地施肥，只能在屋子里聚神欣赏一朵水仙花："目睹阳光流泻在花瓣上，叶脉和花茎组织都清晰可见，我注意到水仙花丛中，那枝有鲜艳橙黄凹底的水仙花，雄蕊底部呈现半透明鲜亮的绿色。"（1975 年 1 月日记）酷寒的天气使得出门采花和大量地拥有各色群花都成为奢侈，既然如此，何不好好欣赏一朵冒冰雪严寒而来的独放之花呢？万花丛中，谁又会对一朵水仙如此细腻地赏玩？而深度关系的建立，方是放大对方美感的唯一路径。

冬天的园丁想着："没错，现在一切都圆满结束了，在此之前，园丁曾经锄地、挖土、松土、施肥、撒煤灰、泥煤、草木灰，也曾经分支、移植、埋球茎，小心翼翼地给植物埋上稻草，让花园在积雪下安详睡好冬天的觉去吧！"（以上摘自捷克作家恰佩克的日记）大雪封门的现在，园丁该干什么呢？

似乎，阅读种子订购目录，是很多作家的冬日爱好（至少我见过不止一次两次了）……开足暖气，叼着烟斗（男作家），或是端一杯自家园子里的德国甘菊冲的草药茶（女作家），逐条研究目录上的花，恰逢卖家的文案文采斐然，充满视觉化诱惑，作家和画家马上在眼前铺展出一篇春来的姹紫嫣红：秋海兰、鸭跖草、紫苑、黄水仙、昙花……来吧，赶紧给卖家打电话："请务必将花种在三月播种之前给我寄来。"然后，躺在摇椅上四处张望，计划着在屋子里的每个角落放满植物，一个美美的室内花园在想象中建成了。波特小姐就常常在春来之际，调整她的花园格局，比如把种玫瑰的地方换成种紫罗兰等等，等于是把花园当成是画纸。

我也很羡慕会画画的艺术家，比如威廉·莫里斯和卡尔·拉松，他们可以让家里一年四季"花朵"盛放。莫里斯是新艺术运动的领军者，他盖了一幢房子"红屋"，用来实践他的艺术构想：墙纸上是枝蔓舒张的绿色柳枝；女儿们的卧室墙壁是玫瑰花架图案；墙挂上绣着雏菊；桌布上是菊芋；壁炉旁的窗帘，我一眼就认出来了，那是莫里斯赫赫有名的图案"草莓小偷"，绿红相间、活泼谐趣，灵感得自莫里斯在自己花园里看见的鸟雀偷食的场景（对图案的熟悉，源于我热爱收集胶带，"草莓小偷"图案的胶带，是莫里斯胶带的经典之作，宽幅艳丽，铺陈效果华丽，用来贴本子特别美艳）。

还有之前写过的瑞典画家卡尔·拉松，拉松非常喜欢花，夏日的窗外，向日葵、燕草和芍药是视野里随处可见的外景，而瑞典的冬日又漫长灰暗，他们在屋子里也种满了室内植物。卡尔·拉松的桌上，常常放着孩子们为他采摘的向日葵、罂粟花，有时，拉松自己会从小树林里砍一棵小枞树，放在柜子顶上。他还特别喜欢在家里的各处（墙角、屋檐、灶台、壁炉等等）画花。

这些“花儿”怒放在北欧漫长的冬季里。他给起居室的老式砖壁炉描花，在妻子的门楣上画上百合、荷兰石竹和乌头花，在三个小女儿的卧室屋顶上，画了一幅走夜路的黑猫，孩子们一看见那幅画，就会忘记丑陋的屋梁和黑夜的恐惧。女儿回忆家：“门上是爸爸画的妈妈，爸爸画她时从来不感到疲倦，他说她有美丽的眼睛。”其实他家道艰难，孩子不停地出生，开支越来越大，他得不停地工作和改造房子、盖新房间，但是有家的温暖后盾，相信他乐在其中。

每年冬天，我都会买一幅拉松的画当作精神取暖。今年过年前买的那幅，就是拉松和他女儿一起在画自己家的房子。

当然，“爱妻号”园艺师更值得表扬，比如极地摄影师星野道夫。在常年苦寒的阿拉斯加，他给酷爱植物的妻子，运来了适宜植物生长的土，给她开垦了一个小花园，为从日本远道而来的妻子缓解乡愁。这些花只能在夏季盛开，其他三季就只能看到极北之地的小花，星野道夫曾经带着妻子去百令海峡，满小岛地奔波，只为了找那小小的一朵勿忘我，“我热爱在阿拉斯加严酷的季节中，拼尽全力去生存的所有生命，寒冷让人体会生命的急迫感”……我们每个人都是生命的花朵，也是自己的园丁，不要忘记，三月正是由十二月孕育出来的。冬日的花朵，教会我们生命的珍贵。

平静的力量

看朋友写妈妈，说她是一个始终处于衡定的平衡状态的人——我妈妈也是这种波澜不惊、不动声色、情绪特别稳定的人。恬淡的人，有一种是内心像素低，感受力弱，所以水波平静，妈妈不是的（她可是敏感的巨蟹座女人），她是对自我形象和情绪的管理能力好，自控力好，我从未见过妈妈在情绪的峰值上，进入理性的空白地带，失言、失态什么的。

外公外婆去世，妈妈在葬礼上也只是小声地啜泣。后来有天半夜，我听到有人在哭，我从床上爬起来，才发现是我妈，她喝光了家里的一瓶酒，吐了一地，泪流满面。这是我记忆中留痕最深的一次，妈妈仅有的情绪的外溢。

妈妈展现给我的，一直是一种平静内敛的力量感——力量有很多种：有一些是阳性的、外凸的、声嘶力竭的，有一些是阴性的、无声无息的，比如自持力、自控力。不做什么，有时候，比做什么，更能展现力量。

这个对我的审美影响很大，包括写作时，我都会不时提醒自己：行文慢一点，落笔稳一点，意涵埋深一点。

犹记得，有一年，妈妈出门之后回来，说风大，嘴角麻，因为她有高血压史，我终是不放心，带她去做 CT，结果是脑梗初期，需要立即住院治疗，我们匆匆回家，收拾随身衣物、拿钱、安顿爸爸和皮皮，如此慌乱的时刻，我妈依旧从容不迫地从角落里翻出一个塑料袋，里面装了几片面包，她说是不新鲜了，如果她不在家，家里没人吃那种面包，它就会发霉的，得带到医院吃，免得浪费——是三片很粗糙的普通面包，超市打折时买的，皮皮吃的面包是蛋糕店买的，比这种贵得多，妈妈从来不舍得给自己买那种好面包。出院以后，妈妈特别高兴，急不可待地想给我们做饭，她觉得家人好久都没有好好吃饭了，那天她的菜切得很粗大，我想，妈妈是个脑梗病人啊，肢体不是很有力。

说到妈妈，对着电脑就能掉下眼泪。

看到佐野洋子笔下的淡然处事的大白猫，还有《人生果实》里云淡风轻的那个老太太，我就会想到妈妈。她总是微温，没有沸腾，也没有冰点。有时，我激动万分地对我妈说一件高兴的事，欢乐从我口中汩汩流出，我妈微笑着看着我，说“嗯”；又有时，我急切地述说着我的委屈，我妈看着我，还是“嗯”；但这一声“嗯”里，又包含着太多的意思：聆听，赞许，愤愤……我被这声“嗯”很快地熨平了心里的皱纹。

靠近妈妈，我就很安心，生活和写作状态也好——我这种高度敏感的人，很容易紧张收缩，而她会帮我旋开过紧的螺丝、拨回情绪水平面。教育专家陈默老师说过，对孩子最有好处的，让他一生幸福的，是做一个情绪稳定的妈妈。我妈妈真是以身教实践了这句话。其实，在任何关系中，一个人无意散发出的宁静平和的气场，对关系的维护，都比灼热的言爱、示好要有效。

妈妈没有热烈地表扬过我，她总是说：“自己的孩子不能夸。”她也没有痛骂过我，不管好坏，她一般对我直陈事实，分析利弊，不掺杂情绪（有点接近于文学的零度叙事），更不强压我低头，所以我也没有被教训的屈辱感，不会生出抵触心，继而大家就能朴素地就事论事了。但凡重大的人生选择，我妈的态度都很简单："主意你自己拿，因为只有你才知道你自己想要什么，我会尽全力支持你。"爸爸不在以后，家里的事情全是我做主，但是后续实操的平稳感，是来自妈妈——两个人之间的平衡和内部供求关系，和表面呈现的硬度、力量感，并不完全一致。

有朋友给我送了一本《三十三年梦》，我非常喜欢里面写天心与盟盟相处的段落。天心找了个离盟盟最近的咖啡馆写作，这样盟盟一下课，她们就能去玩，"原来我和她的关系是玩伴啊"……今天去南图借书，路过地铁里的一鸣奶吧，买了个饭团当早饭，突然想起皮皮小的时候，在鼓楼上幼儿园，每天放学，刷卡进校门，在班级门口，就可以遥遥地看见皮皮等候我的小身影（小朋友们睡过午觉，做了课间操，拿着下午茶饼干，团团坐好，等着妈妈爸爸来接）。一看见我，皮皮立刻飞奔过来，我牵着她肉乎乎的小手离开，我们去三条巷的那家一鸣奶吧买饭团，分着吃，顺便分享一天各自经历的琐事——那是我每天都很期盼的快乐时刻。虽然只是分开了七八个小时，可还是一场盛大的重逢。

我和妈妈，就像两个好朋友，我和皮皮，似乎也是这种关系。当然朋友也未必全然信息对称，像很多憨厚老实的人一样，我妈的缺点，除了囤积癖，就是幽默感比较弱，我和皮皮听了哄然大笑的笑话，转述给她，她也只是“嗯”。

唯一一次见她笑得极为开心的是有年给外公上坟，我去找人问路，转身时因为有个石块挡着，摔了一跤，我试图站起来，结果又摔了个狗吃屎，我很尴尬，我妈却笑得前俯后仰……我对皮皮说，难怪古人要彩衣娱亲，原来老人家的笑点，就是看人踩了香蕉皮摔跤的那种易消化的笑话，不过为了博你外婆笑一下，我也不在乎了。

一个人旅行

近期，陆续完成了若干阅读单元，大概是某时某刻，突然兴起，对某个主题感兴趣，然后四处奔走找资料，找专业朋友求教，请他们帮我开开书单啥的，把收集来的书按金字塔结构排列及阅读——我常用金字塔方式来学习，比如研究一个主题，首先是底部具体知识，线性了解下，然后各个分支再突破，形成整体印象之后上溯，找一些深入的主题论文集加深理解，之后再攀爬到更抽象的理论高度，有时因资料不全，无法搭建完整有序的阅读进阶，比如只有第二第三梯队的书没有打底书，就很遗憾。如果资料凑手，能搭出完备的阅读阶梯，那是很高兴的幸事。

有一个阅读单元，是关于语言。《和语言漫步的日记》里的女作家，是个学俄语的日本人，又生活在德国，她的语言敏感度很高，就做了一个三百六十五天的关于语言的跨文化记录，几种语言在头脑中交锋和冲突，彼此倾轧融合，如果对着几个国家的朋友，面前换一张脸，就得换个脑型去对应，能从语言学的角度写三百六十五天的生活，真好玩。

《词语与建筑物》，是对建筑语汇的探讨，这本书归类是“建筑理论”，但我是把它当语言学书籍来看着玩的，里面有很多建筑语言的溯源（我看到的多是英文版建筑语言，但它们其实有很多是从法语、德语等其他语言中跋涉而来的，并被改造或加增词义，获取层层翻盖的语义新貌），词语引导着我们思考建筑物并与之相处；麦克法伦的书里，常有对道路或徒步的词源学研究；柳田国男的民俗学书里，记录了词汇的历史演变，语言如同精神器皿，承载了太多彼时的文化或风俗；甲骨文词典和古埃及圣书体导读，也是手边书，后一本其实是简明教材，有空的时候，也做点入门习题玩玩，因为是象形文字嘛，所以其实是画简笔画，逗死了；《那些活了很久很久的树》里有关于各种树的词源，树名上就可以溯源它的血统——当然，开心主要是因为我不是专业人士，没有研究的压力。

另外一个阅读单元是重读了绘本理论系列，大有启发。

在皮皮小的时候，我给她读过很多绘本，作为新手母亲，我很努力地想给她力所能及的美好童年，我当时参加过绘本读书会，向老师们学习了下，我略微知道儿童绘本阅读和文字书的读法是不同的，不是给孩子把书里的字念出来那样，更重要的是视觉启发、美育、激活想象力、亲子陪伴感……

有本书是教大家学做动物体操，模仿各种动物的动作，有时我们一起扮猴子 ，有时我就和皮皮一起在地上滚来滚去。还有像《菲菲生气了》《我爸爸》这类书，是要用非常大的表情幅度，才能读出书里预置的那种表达效果的，我记得我深吸了一口气，嘴巴张得大大的，用渐次加重的，非常夸张的表情读出："菲菲非常、非常、非常的生气！"这时皮皮会直直地看着我的脸，只要我表情够足，她就会咯咯咯地笑起来。还有一本关于热带动物的，里面有一整张纸画了张大蟒蛇的嘴巴，每次皮皮生我气的时候，就会偷偷把书翻开到这页，趁我走开时，摊在我桌子上吓唬我，然后幸灾乐祸地咯咯笑。这些情绪的开关，都是我们珍贵的记忆，也许已经超过了传授知识的作用，更多的是打下一种情感关系的基础。

但是非常遗憾的是，一直到皮皮长大，我才系统地看了松居直、彭懿、郝广才的绘本理论，意识到自己有很多疏忽——我的视觉感不是非常敏锐，很多绘本的细节深藏的意蕴和暗示，我都没有领会，也没有启发皮皮，其实我应该留更多的空间让她揣想。我低估了童书语言的效率性，就是很多简单直白的语言其实是很深的，包括一些成人作家，其实都借用了这种技术。比如江国香织，她写的东西常常有种童话的清甜和梦幻感，后来我发现她妈妈是唱童谣的，江国香织自己也为童书专门写过一本评论集。

而且，当时南图没有建立少儿阅读馆，我都是靠自己购买和朋友赠送，很多好书都没给她读。我现在是对绘本有新的心得了，我决定把家里的绘本、儿童书再拿出来，重读一遍。

还有个阅读单元，是关于“官能”。我一直对这个主题很感兴趣：触觉、听觉、视觉……我很想知道那些用身体思考、身体非常聪明的人是怎么感知和思索这个世界，以及他们的身体语言及其语法。我找了一些舞蹈家、戏剧导演、演员的传记、日常随笔来研读，还有一些专门用官能工作的人写的东西，比如香水师调香笔记，还有长期研究官能的人，比如阿克曼写的书。

对我而言，读书、写作的快乐，更近于一个人旅行，来到一个陌生之地，高原或海边，呼吸着密度与平日不同的空气，辨识着异地草木的种类与气味，看一看不熟悉的脸和景物，听一听完全不懂的方言，停驻一下，研究自己感兴趣的知识异域，也可以随性所至，随时修改求知路线，学习之路，步步皆景，“愿你的道路漫长，充满奇迹，充满发现”。

最后，再重回日常生活——家人回来，我合上书和电脑，掩上心里的门，把现实的门打开，脸上带着微笑，那是因为我刚从遥远之地回来，带着高原的新鲜空气，另外一种日出或黄昏的色彩，遥遥地照亮了我的脸。我也许和家人谈到这些精神风景的边角，也可能什么都不说，他们都是温和的人，会帮我合上笔记本和信件，不偷窥我的心思，很尊重我完整的孤独。一个人旅行很快乐，更快乐的，是“一个人”，这也是精神生活最吸引我的地方，就是它的独自性。

微甜时光

午后准备休息，闭上眼，空气中却总是萦绕着淡淡的甜香，徘徊不去。

香气源在哪里？起床，鼓起鼻翼，四处嗅闻。本嗅觉侦探，继续梭巡着空气中的那一抹轻甜，一一排查：早晨出门前，喷了点橙花香水，那香气是接近于茉莉花茶的清冽，而且它的持香力有限，现在尾调余威早已散尽；涂的护手霜也是橙花的，但甜得温厚老实，也不是这种乖巧的甜味；为了祛除厕所异味，在扩香石上，有时我滴几滴用剩的大吉岭茶之类微醺的香水，香型不对；洗衣服时用了柔顺剂，是有冰凉洁净感的白兰花香，也可以排除了。

还是继续午休吧……可是那个找不出来的香源，就像挠不到的痒痒、掏不出的耳屎、遍寻不着的换季衣服，让我周身有隐隐的不爽。闭眼休息，继续鼻观不止，我的鼻子，突然发现了香源，是买书附赠的桂花香薰书签，混着我中午当餐后水果吃的荔枝……剥下的壳子，是它们叠加混合而来的香气二重奏，在我的房间里低低地奏响了午后的气味谣曲。

我想起来了，荔枝壳，自古就是香料。午觉也不睡了，起床，把书架里的香谱、香谱研究资料、香具、香道相关书籍，一并搬出，仔细查找。

找到了，《通志·草木略》云："荔枝，亦曰离枝。始于汉世，初出岭南，后出蜀中，今闽中所产甚盛。"《南海药谱》云："荔枝熟，人未采，则百虫不敢靠近。才采之，则乌鸟、蝙蝠无不残伤。……取其壳合香，甚清馥。"《香乘》中记载的四合香方是："以荔枝壳、甘蔗滓、干柏叶、黄连和焚，又或加松球、枣核、梨核，皆妙。"苏东坡的笔记里也有记载："温成皇后阁中香，用松子膜、荔枝皮、苦练花之类；沉檀、龙麝皆不用……贵人口厌刍豢，则嗜笋蕨，鼻厌龙麝，故奇此香，皆非其正。"荔枝壳这个方子，就是文人崇尚的"山林四合方"，简朴清雅，无论是香料配置，还是在精神诠释上，都不同于俗丽的"官家四合香"的香方。

“合香”这个词，总是激起我诗情的联想。有一年过年，我带着一本研究宋代香学的书，天天去妈妈家吃饭，饭后，一点点翻读，有一个篇章，就是讲“合香”之巧，这个场景、技巧、原理都和中医有点类似，也是“君臣佐使”，捣碎、炮制、合香、窨藏，主香是君，佐香用于加强香方的层次感、平衡和牵制其中个性过强、抒发过度的某种香味稳定和持续散香。古代合香理论和现代香学，也是相通的，把这些段落，和西方人谈论香水的篇章共读，特别好玩，读到过一位女调香师的受访陈述：“在你脑海中有个形象，你可以确切地闻到协调之味，就像音乐的和弦一般……调香很像作曲。”

在除夕家宴、过年觥筹的杯影举盏中，我常常会走神，穿梭于古代和现代的时空，想到一个合香的古人，多半是个文人——宋代文人最热衷合香，他们都有自己的独门香方，比如黄庭坚的“意可香”“深静香”。“深院静，小庭空，断续寒砧断续风”，不过那砧如果是捣香料的，就不是孤寂的苦情而是幽静的诗情了。话说黄庭坚的朋友欧阳元老为他做了一斤香做离别礼物，每次黄庭坚燃香时，都会“如见其人”，这个香味是“恬淡寂寞，非时所尚”……调香和诗文一

样，属于创作，可以记录心境、抒发情怀，气味自有其表达能力，是可以寄情寓志，沟通心曲的。别后音信稀，那就且用香气对答，倒是有趣。

他焚香时是“熏炉宜小寝，鼎制琢晴岚”，我打开香具画册，一一看了宋代的鼎型小熏炉，不能确认。想起陆游的《焚香赋》中有写类似的：“闭阁垂帷，自放于宴寂之境。时则有二趾之几，两耳之鼎……暴丹荔之衣，庄芳兰之茁。徙秋菊之英，拾古柏之实。纳之玉兔之臼，和以桧华之蜜。”这个“丹荔之衣”就是荔枝壳，这首诗写得倒是很清楚，用的香具是仿古的“两耳之鼎”，但不知道黄庭坚用的是哪种鼎形香炉？

气味穿梭在文艺生活的边边角角，发出它无声之声：午间小憩时、三两好友共聚谈诗论画之际、参禅悟道之余，都有暗香盈于衣袖。“时有幽人独往来，缥缈孤鸿影”，这个幽也可以是幽香嘛。

就是垃圾盒里的荔枝壳，让我甜蜜及开心了一个午后，不知为什么，社交总是让我疲惫不堪，而独处却可以衍生出无限的乐趣。想起阿加莎·克里斯蒂自传里说，她们那个年代的女孩没有幼儿园可以上，家庭老师授课时间有限，女佣都有手头的杂事要忙，父母更是困于工作和交际，兄姐都上学以后，她是没有同龄玩伴的，必须自己找乐子，阿加莎就去编故事，自娱自乐（就这么玩出了一代推理女王），她说："我这一生没有为'无事可做'而苦恼过。"后来她看到晚辈的小朋友在放假时郁郁寡欢，很无聊的样子，阿加莎不解地说："你有很多玩具啊。""可是我自己一个人玩不了啊。"小朋友回答。阿加莎就帮小朋友创造游戏："或者你可以剪一只鸟，用积木搭个鸟笼，把鸟放在那个笼子里……"擅长和不擅长自处的人，确实是两个世界里的人。

秋天的事

一

翻到两张小时候的照片，一张是妈妈带着我去玄武湖儿童乐园，排队拍的，多少钱一张？不记得了。头发是妈妈剪的，穿的毛衣是手工钩编，胸前坠着两个很萌的毛线球（用毛线绕在圆圈状的纸圈上，然后剪齐），毛衣是暖融融的杏色，下面搭配着洋气的白色小喇叭裤，衣裤的色彩、款型、质感都很协调——即使在手头不宽裕的年代，妈妈也会让很少的钱发挥出最大效率，把我打扮得体、不失仪。另一张是周岁照？也记不清了。

关于玄武湖，还有一次，妈妈带我去幼儿园报名体检，在鸡鸣寺旁被两辆公车夹住，当时骑的都是男式带大杠的二八车型，妈妈慌不择路摔倒了，把我也掉下车，我赶紧说："我不哭，妈妈，我不哭。"我妈一直记得这事……母女间的心疼体恤，是与生俱来的吧。让人觉得人世的暖意，又是牵念。

二

开学杂事多，稍歇下来，就上山去了。灵谷寺路、明城墙路、植物园路……仅仅是最朴素的地名，就编织出一个绿色葱茏、桂香暗袭的上午。而我最喜欢的，是回家的公车上，穿过一个又一个老小区，四五层楼的，晒着洗好的衣服，楼下是卖各种日用品的店面，可以想象大家不用跑很远就可以生活得很便利。居民都是熟人，植物是长了多年的阵势，桥栏也被磨旧了……这些，始终是我内在的发动机，我越是爱那优美的文艺，就越是爱那俗世的烟尘。我经过这烟火尘世之后，心里和笔下，就有了写和读的小小水波，为那些孜孜不倦活着的人们。

三

阴雨天，看宋代园林书，听毕卓斯坦（他的音乐如月穿流云，通中国古诗之韵），中午去买皮皮爱吃的刚出炉的果木烤鸭，日子如此简静如流，幸福是迎风泛起的小小光斑。

公车上，有妈妈抱着小宝宝，宝宝有软软的小脚和肉肉的小手，喜欢和妈妈蹭脸，还不停地婴语呢喃："咿咿呀呀，哦！嗯！"

我也很想抱抱我的宝贝，可是她实在太大了，我想像她小时候一样揉揉她的小胖肚子，摸摸她的小胖手，似乎也不太合适，我就偷偷地看她，她说："你在想什么？"我说："我们做一辈子的好朋友吧！"她笑了："当然。"

四

把一些中学时读的旧书转送给小朋友，《古文观止》《世说新语》《唐诗鉴赏辞典》，还有我爹当年在青岛出差买给我的《安徒生童话》，那书只比我小几岁。

我自己现在也在读陶渊明的书、六朝文学史、魏晋诗歌什么的，下次想带孩子一起去东晋博物馆遛遛，让她看看瓦当墙和东晋的石子路。之前带她去博物馆看竹林七贤，她太小了，都分不清，我说你看乐器，阮咸手上的就是"咸"，日本人林谦三在《东亚乐器史》里，有专门写他的一篇叫《阮

咸与五弦阮》，长啸的那个是阮籍……我们是南京人，与魏晋有渊源。我的孩子，什么时候你才知道我们拥有何其优美的文化遗产。

爸爸去世后，我整理书架时，吃惊地发现，我们常买同一本书：格林、太宰治、巴乌斯托夫斯基、老陀……我把他的老版书收拾出来，专门放在一个小书架上。阁楼温暾的光线，照在二十世纪八十年代的装订得简单朴素的旧书上，时光是一块黄糖沉在杯底，就凝结在那个角落。有时我摇一摇，它还会泛起记忆的沉渣……人生啊，就是那杯子的手感和重量。

他习惯标识购书时间，有次在上海出差，居然每天都在逛书店，两本书的购买日期是隔日的。那本《安徒生童话》，是他在青岛买的，那个版本的装帧，简洁优美，封面蓝白二色，好像是《海的女儿》，爸爸在海滨踏浪时，想起这个了吗？这书我又送给了小朋友，外公的传家宝。

五

今天特别开心，下山时捡到一枝别人扔掉的桂花，喜滋滋地插进青瓷仿古琮瓶，这下，屋子里有点清新的、甜甜的古意了。

天凉了，换厚毛衣时，忍不住喷了巴赫的松香，身体有它的本能，夏天才会想用李氏花园那种灵感来自金橘、竹子的恬淡的水香调。口红也是，本能地从赤茶橘 784 换成野玫瑰系列的 169，都是红棕调，前者是红棕偏橘，像举在手里的冰糖葫芦，是清亮甜美的山楂色，后者是红棕偏正红，薄涂是红宝石色，我爱的是它半褪时，像“花未眠”那种带点倦意的花瓣粉，所以残妆之际，也不想补妆。再冷些，穿深蓝冬衣，就可以用浓艳些的 TF80 了——我最爱红棕调，包括它的诸多变调，TF80 是红棕隐着梅子调，让人想起“紫玉烟沉”这样的词。

六

小朋友昨天的作业是诗词鉴赏，我和她谈了一会，我说等你长大以后，生命经验储备到位了，就会明白千载之下的古人心灵与你相通。那种不孤独，正是文学对我们的馈赠。小朋友还选修了植物种植类课程，素描课老师也表扬了她的进步（是关于线条和光影掌握能力吗？我也没好意思细问）……孩子的美感积累，是全方位和长线的。

七

山路边的金桂，在阳光下开得燃燃欲坠，想起杨贵妃赐给谢阿蛮的金粟装臂环……一粒粒的小金粟。回想小朋友小的时候，一到桂花季，去接她放学时，就能闻到那种甜甜的香气。

然后我们一起读绘本《桂花雨》，吃桂花酒酿，煎桂花糖年糕。“是你让我感到幸福……”耳机里正放着一首温柔的歌，很应景，在这个季节。

八

一家人的起居节奏，都是和小朋友同步，周末是可以放松吃饭、休息的日子。早早计划好了菜单：早晨煎沈大成的桂花糖年糕，午饭是烤鸭裹饼，晚饭是西红柿炒蛋、鸭骨冬瓜汤、卤牛肉，夜宵是血糯米小汤圆……幸福，就是这样平淡而质实的日日年年。

记住你的名字

我越来越喜欢我女儿了，我是说，随着她的“自我”逐日发育成熟，我可以越来越多地把她还给她自己。她思考和意志的硬度越来越大，我们是两个独立的个体在平等地相爱，而不是一个主人对软萌的小宠物，也不是一个智者在完成他的教学作品，更不是一个狱警在监管家庭的囚徒。大家开心做朋友就好了。

我妈没有什么高学历，但她本能地懂得建立一种平等民主的关系，哪怕是对孩子……而我又无意中沿袭了我妈和我的相处模式。我们的家庭氛围，是这样的：

话说几周前，每次开车棚，都听到一只野猫敌意的低吼，我怕它从它所据的高空跳下来抓伤小朋友，就此召开家庭会议。小朋友思路清楚，反应很快，她一听完就说：“很简单，这事是因为外婆的囤积癖造成的，纸箱一个又一个，摞得高高的，猫就来做窝，想解决的话，扔了箱子就行。”我说天冷了，大猫挺可怜，但我又没法让它有产权意识，明白这车棚是我们家买的。皮皮很理性，无奈地说要么它流落街头，要么你承受恐惧，只能二选一。最后，我妈找了个折中方案，把箱子开口换了个方向，背面对车棚内部，开口对通风口，上层空间归它，下方归我们。这下人猫相安无事、相忘于江湖了……圆满解决，散会。

我和我妈聊着孩子的成长，我妈看看我说：“你也是很早熟的，自小就很有主见，所以你十几岁时，妈妈就事事和你商量。”——想来人格成因不外乎先天和后天，天生个性强、爱独立思考，后天，是因为我们都生长在我妈身边，我妈是个特别尊重个人自主意志，喜欢让别人自己拿主意的人。

对他人的角色设定，本身就能起到鼓励或打击的作用：你把孩子当大人，在这种积极角色暗示之下，她就会越来越成熟；你把她低矮化、幼稚化，总是以经验垫高的智力优越感去发布教诲，孩子的自我，就会被不断地侵蚀、瓦解、发育不良，最后被彻底摧毁，一个自我沦丧的人，就像死掉根系的树一样……这世界上有种可怕的隐形伤害，就是“大树底下不长草”，那些特别强势而富有管控欲的人身边，常常会有孱弱颓废的孩子，就是这个原因。此原理，在各类关系中皆适用，朋友、恋人也一样。

方法错误“为你好”的人，比恶意伤害的人，只怕还多些，就像一个医生，在误诊之后还热情万分地大量开药。最麻烦的是，难以处理——你推开他吧，伤人；不推开吧，很快要被他压死了，伤己。

皮皮很小的时候，有个老师常打击她，很久以后，她才无意中提起，我心如刀绞，问她怎么不早告诉我，她说，我不想你难过。很多年前，她也被人欺负，她就拼命学习，提高成绩，平时小心地避让那个人，她说老师喜欢好学生，就有一种庇护作用（那个孩子专门拣成绩差、老师讨厌，也被同学孤立的弱势群体来欺负），然后，小朋友又说那样的人无视就行，免得消耗自己。我说你为什么不早说？她说你又能怎么办？无非多个伤心的人而已，没必要，我自己能处理……我想着那么小的孩子，一点点消化掉伤心，控制着情绪不流露，慢慢想出办法与人周旋，单枪匹马地应对着这个世界对她的伤害——独立是双刃的，不仅是享受自由，更是自律和自理。念及这些，我又心疼，又钦佩。

专为家长所用的“教育”这个词，实在是有点自恃，孩子身上与生俱来的美好品质，有时大人都比不上。小朋友小时候去爷爷家玩，过了半天，叔叔才发现电视里在放大人看的时事新闻，赶紧让她跳台到动画片频道，小朋友拿到遥控器，第一件事是降音，怕打扰大人聊天，上高铁开 ipad 也是马上戴耳机，免得噪音扰人……这类事太微末了，也太多了。但细想起来，我总觉得微微地感动。

有次，她白天跑了长跑，晚上对我说：“跑得快的人聚在一个方队，慢的是另外一个，我落在中间，身边无人，可以尽情思考，觉得孤独而自由，心里非常快乐，你知道我在说什么吗？”我说我懂，我说：“有个日本叔叔专门写过这个，下次给你看看《当我谈跑步时我在谈什么》……”我突然为她自我的成长而深深地感动——不是作为母亲，而是作为每一个孤独而自由的人类，像大洋深处、涌浪中的鲸鱼一样，那冰冷触肤又无比清旷的咸味空气啊，另外一个人，她也呼吸到了，明白了。

如果说有什么育儿目标的话，我希望她成为一个人，而不是个体面目模糊的一群人：从小被主流价值观压制成型，个人思考溶解在集体意志中，流水线批量生产，挤名校、名企、奔向成功人士，最后连找的伴侣都是可以预计的，也就是成功人士都会找的那种类型——在差不多的条件范围内，这个人也可以是别人，只要吻合供求平衡点就行。

而“人”，应该是眉目清晰、忠于本心的，一个一个的人。爱，也是这一个人去爱另外一个人——作为她的朋友，我能做的，不外是说出，并且反复提点小朋友，像《千与千寻》里的白龙对小千说的：“不要忘记你的名字。”

时代的质感缺失

医院排队拿药的队伍很长，我掏出一本书看，发现身后有点异样，一个男人也在勾着头看我的书，我翻一页，他的头就歪一下，我本能地快快把书合上。二十岁时，我在公交车站看托尔斯泰，因害怕被人视为怪物，所以包上通俗小说的书皮，而现在，光是看书这件事，已经让我有点尴尬了，那男人开口了："好久没见人看书了。"

纸书（我读实物书时比较缓慢认真，网上主要是查资料和工作交流，至于用手机阅读严肃文学的人，不在本文探讨范围）一定比手机浏览网页高贵吗？当然不是，但是后者，对于我，一个长年看严肃文学的，阅读味蕾已经被精细伺候惯了的人，你让我读那种完全没有质感的文字，我的文学舌头和胃，委屈得慌，也饿得慌。所谓"由奢入俭难"，快餐阅读，不解饥，也不解馋。

有个朋友讲述了一个现象："出来一个新闻事件，飞速下论断，马上展开道德攻击的，往往是非常年轻、未经世事的人。"

这是为什么？因为大家道德水准大幅提升了吗？我想，更多的，是因为他们生活在网络时代，是快餐精神食粮喂大的，几个标签一贴，一个表里层次都很多、质感非常复杂的事情就给打发掉了，没关系，马上就会有新的更热辣的新闻事件来喂他们。一线新闻记者及长期关注此话题的研究者严重缺失，也没见发声，媒体都是在转发最初的一个事件报道，他们按阅读者的口味，精确地估算关注度，以此为标准，夸大局部、胡乱剪裁，为的是吸睛、拉流量。

这种梗概式阅读习惯，造成了这样的后果，你看到一个评论标题是这样的："一个绿茶的悲惨下场""一个出轨渣女的报应"……而这说的是《包法利夫人》《安娜·卡列尼娜》，当文学史上最伟大的作品，被如此面目全非地解读时，可怕的，不是阅读态度的粗暴恶俗，而是大脑的惰性，思考的简单化。很多人，已经逐渐失去了感受人、事、物之质感的耐心和能力。

前两天，圈内传一个获奖的学生作文，我的网友们讨论说："这孩子字句很漂亮，但是好像完全不懂词与词之间、段落之间的衔接。""她这个写法，估计是一直被鼓励着，她以为华丽堆砌、无病呻吟就是好，再这么写下来，这孩子的写作能力就废了。"（大意）现在有作文训练班，专为应试而设，有所谓写作高分公式，就是先写个梗概，然后找出缝隙，尽量塞入漂亮的形容词、副词及平时摘录的好词好句，这样写出来的东西，必然是僵硬的、缺乏有机感的。

不观察、不体味，不追求真实细腻的质感，导致的，就是两个极端：要么梗概式阅读，要么虚词成文。而严肃文学和快餐文学之间、新闻标题和真实人生之间、文学大师和普通写手之间，隔着的，就是质感的还原。

是枝裕和，是我很早以前就喜欢的导演，在分别看他电影和书的时候，感受又有殊异：他的书里，不停地在说他拍纪录片的过程、与受访者之间互动的经历，以及各类社会事件对他的影响，时时让我想起，他是一个纪录片导演，他的社会性。而在电影里，他的镜头叙事却很生活化。把社会性和生活化，这两端完美地衔接，他这个漂亮的落地动作，靠的就是质感的还原。任何一个新闻人物，他也是浸润在时代中的血肉之躯，私人化的，就是社会化的。只看创作者的还原技术行不行。

他拍一个官员自杀，他细细地阅读了对方的日记，一直追溯后者的童年——这是一个在父母缺失的爱之荒漠中长大的男性，所以他对弱势群体充满悲悯。作为公务员考试的第二名，东大毕业的学霸，他最后没有选择外务省、通产省（相当于中国的外交部、经济厅）这种光鲜岗位，而是投身于福利事业。一个每天忙于公务，只揣一双换洗袜子就在办公室睡沙发的兢兢业业的官员，他最后死于内心的冲突。

官员自杀，这样一个很容易戏剧化处理的题材，被层层剥开，肌理细腻地呈现日常的质感。这个官员最后的日记，全是植物观察笔记，他和太太在家附近的大自然里徜徉，深深地沉醉于草木之美。可是作为环境署官员，迫于要维护国家利益（经济的高速发展，通常以牺牲环境为代价），他只能代表官方拒绝赔偿污染受害方的渔民。而在保障贫民、受害者与官方权益、人和行政身份之间的缝隙处，这个官员承受不起内心的冲突，掉下去，自杀了。

是枝裕和给这个正直官员最后的一点尊严，就是给他还以人的完整。在是枝裕和的笔下和镜头里，这个官员终于成了一个质感浑然的“人”。

而如果是网络新闻，我们估计会看到这样的文章：“环境署官员突然上吊，死前与领导发生剧烈冲突，疑似与近期开庭的污染案件有关，听说长期和妻子分居，又听闻有红衣女子常出入其办公室。”留言区，一群“福尔摩斯”在踊跃发言：“查查他有没有国外账户！”（思考派），“老子至今没找到老婆，他还有红衣女子，去地下风流吧！”（激愤派），“以上发言的几位，四的一半是几啊？哈哈哈哈哈！”（诙谐派，是在调侃对方很二）。

敬惜

桌上散落着长长的小纸条，上面是妈妈写的读书笔记——妈妈有时候会看我的书，看完了忍不住和我讨论，我让她记下来，借以整理思路。从此，但凡回家时看到妈妈在光线好的晒台上发呆、在书桌前摊开长长短短的纸（超市收银条，她舍不得扔，用反面写字）、晚饭做得比较马虎时，我就大略知道，妈今天没出门买菜，又在家“香菱苦吟诗”了。

有很多这样的时光：我推开家门，妈妈坐在黄昏的光线里，书摊在饭桌上，她一边等饭熟，一边看，书下面垫了干净的棉布，怕书页沾上油渍，她真的是“敬惜字纸”，她对书、对文字的敬意，比任何一个文化人，都更深地影响着我，在我骨血里，烙下印记。因为时代因素和家庭出身（我外公是资产阶级，有海外关系），妈妈没有办法升学，我妈眉目清丽，为人理性明慧，如果有机会，定是一个好学生加职场佳人。我时常为她惋惜。

我在窗下读书时，常想着：妈妈要能享受这种幸福就好了，所以，我一直鼓励她读书。我妈文字感觉很好，对书有恰适的见地，但表达不太熟练，这是需要练习的——对文字驾驭的技术生疏，让她有点紧张，她不停地问我："这个词放这里合适吗？""这句话要不要删掉？"我告诉她，连很多职业写文章的人，对书写也毫无虔敬心，信口瞎扯，还有"空心书评"，写书评的人，连书都没读过呢。她听着，似乎没明白，依旧用南京话嘟哝着她的句子，书里工整雅驯的书面用语，被我妈用方言一转录，有种温暖亲切的体温感。她反复排序和修改，长长短短、夹在一起的超市收银条，越来越厚。

我妈最近看了《聋哑时代》《秋园》和《她们》。她的笔记里写着：

"作者写的是他的学生时代……也就是小学、中学成长过程中的事。每一章写的人和事都清楚到位，使我都想起自己的学生时代（真的吗，老妈？）。看了第七章的我，为他未能和自己所爱的人终成眷属感到难过。但他最后一句说

得好，‘我应该再也不被打败了。’使我为之欣慰。”（《聋哑时代》）

“这本书是作者写母亲的一生和自己一家人如何如浮木般随波逐流、挣扎求生的故事，还有那些在中南腹地的乡间人物的生生死死的故事。她写得简单、易懂。本书写出了那个时代的人的心声，我想，和作者同时代的人，看了书，会代入感更深。”（《秋园》）

“我一气读完这本书，书中的人和事不断地涌现在我眼前。在中原的大地上，某地，是作者的家乡，那里有他的亲人、同村人，在那片土地上、屋檐下，在那些院落中，在时代的罅隙中，说笑、哭泣、婚嫁、生子、终老。她们是人，也是女人，也是他人。命运于她们，既是一块放开的阔地，又是一个羁绊的囚地。”（《她们》）

年轻人的书，让她好奇，她为他们的成长揪心；同龄人的书，让她喟叹和回忆；比较艰深的书，她一遍一遍地咀嚼，不肯怠慢作者的每一个字——她自己是掏心掏肺、最真挚的人，当然也以己度人，她认为每一个作家都真实地经历过书里的事，并动用了最大的情绪能量来投入作品，我对她阐释了很久，她才模糊明白“虚构”和“软文”这类技术，不再那么动情地代入一己之心。

话说读书果然是启智的，我妈最近开始思考女性的独立了，她好像突然明白女性是可以单身享受生活的。我想我妈是现在才读书，不然早和我那个酗酒家暴的爹分了。我还记得上中学时，放学背着书包，陪我妈去找律师办离婚，那时我才十几岁，陈述、诉求都是我来，我妈被打到耳孔出血，想离又迷糊着困于传统的囿境，她无房、无势、无凶狠的娘家，她唯一可以依靠的，只有上中学的女儿，虽然没离成，但因为这次反抗，我爹之后多少有些忌惮。很多年后，我婚后，家里出事，这回，是妈妈保护着我。

盘根错结，我们是长在一起了。有阵子我病得半死，病中写日记：“妈妈，做你的女儿真是太幸福了，来世还想和你做母女，但又害怕你照顾我这样敏感古怪的孩子太累，不要再辛苦你一次，下次让我来做你的好朋友、姐妹吧，让我来照顾和保护你……”真是爱你啊，一生都不够。

宁夏

“连雨不知春去，一晴方觉夏深。”

又到了一年换季时。

把夏天的布衣短裙都找出来，分类理好。夏季的衣服，多是蓝、白、绿色系，白 T 恤有好几件，配蓝色或橄榄色短裤，像墨水落于信笺，又像山岚掠过群峰。把它们整整齐齐地叠在竹席上，心里，是快乐的。

从小，我对季候的变化就很敏感。

童年的“春夏之交”，分外有过渡季节之感。突然就有那么一天，毛衣捂着捂着就嫌热了，特别想穿裙子，但没有勇气第一个穿，约了小同学一起穿，她跑到我家里，我们关起门，在小房间里，偷偷换上裙子，外面，是下雨天，轻寒微笼，楼下住着我同班男同学，他在楼梯口看见我们，小声吹了声口哨，回头又看了我们一眼，我们都觉得，那一眼，是在说：“穿裙子了嘛。”

也总有那么一天，放学回家的路上，看见油菜花全谢了，河边的河泥也给晒干了，露出泛白皲裂的干土，还没上楼，远远已经看到妈妈在二楼窗口露出了身影——她站在凳子上，那天她下班早，忙着换季，找来闲置的长竹竿，用抹布擦干净、晒干，绑在床的四角，再找出去年洗好收起的蚊帐，把它架起来。蚊帐，是蓝白纱布做的，破的地方，被针脚稀疏地补起。

我有一种隐隐的快乐，在无法关起房门的童年时代，一个小蚊帐里的独处，随身听里，喜欢的歌手幽然唱着，夜越来越深，对面楼上的灯光，一盏盏熄灭，对面大卧室里，爸爸的烟头也黯了——他睡下了。蚊烟四起，这大寂静的夏夜，就是我最享受的私空间了。

初夏，蚕豆上市了，妈妈坐在小板凳上，剥出豆米，连皮煮熟，用针线穿成蚕豆项链，给我挂起来。螺丝和龙虾、黄鳝也应季而来。妈妈蹲在大木盆边，把螺丝一个个取来，用老虎钳夹掉它的尾巴，拿酱油加点碎辣椒炒了吃，我吮掉里面浓浓的汤汁，把肉吸出来吃掉，再舔舔手指。妈妈的手上，总留着几个暗紫的血泡，处理黄鳝更麻烦，我妈，自从做了我妈以后，就从一个暑假关在阁楼上拉小提琴的文艺女青年，摇身一变，转型成了一个满院子追着杀鸡、挥刀剁下黄鳝头的勇猛女战士。

龙虾则分为公母虾——公虾钳子大，母虾屁股大。每次买龙虾之前，妈妈都要问我："乐乐，今天你想吃屁股还是钳子？"妈妈自然不会想到，很多年后，我们家这条街成了南京的龙虾街，一入夏，街边店纷纷开始换招牌，全是龙虾主题：霸王虾、虾之恋……路边有人给闲置了三季的塑胶龙虾打气，充满了气的龙虾，有两米多高，神气活现地立在店门口，而身材最饱满的实物龙虾，则放在大澡盆里，被拖到店门口前招客。到了晚上，一条街都是花椒和孜然粉的油辣味道，带着塑料手套张牙舞爪吃龙虾的食客，堵住了交通。我伸头看看，现在的龙虾，基本都是吃屁股的，有的甚至直接做成了虾球。

想着那些儿时夏天的午后，午睡中，也能感到洋槐树的影子遮蔽在脸上，它的叶声，柔软得像翻书，不像杨树那么金属质感。而马路上的梧桐，已经长出了细密的夏叶，荫庇着只容两辆车对开的、窄窄的路。我和小同学们沿着街，在水塔下转转，在河边遛遛，如果碰到推着木头车卖冰棒的老太太，就喊住她，老太太脖子上挂着吸汗的毛巾，掀起木箱盖子和白棉胎，给我们挑选：冰棒五分钱，中冰砖

贵一些。心急的小孩，当时就剥了冰棒纸吃起来，那些纸落在小车上，像是商品的注解。顽皮的男孩子，也会拿冰棒吃剩下的棍子，做成小木枪，在课间追着小女生“射击”。

初夏的道路是美的，我非常喜欢扬州，我觉得它很像我记忆中儿时的南京：一条大道，行人密度不高，树荫繁茂。前两天，去参观六朝博物馆，里面有张照片，是魏晋时代的南京，当时叫“建康”，地上铺着石子，长方形的砖石，一块一块准确地衔接在一起，干净无尘，马车和侍女走在上面。在我小时候，石子马路，还是有的。不宽，也并不平坦，经过多年的磨蚀，风雨的侵袭，已经高低不平。雨季的石子路，滑溜溜的，妈妈踩着它去打水，半球状的木桶左右摇一下，收绳子，水就打上来了。

再然后，开始有了柏油马路，一个大热天，一脸热汗的工人在石子上浇上柏油，化工气味蒸腾在空中，混着泡桐的清香（那时南京没有普及种香樟树，空气的气味也不一样）。天越来越热，硬底的塑料凉鞋，踩上去，被粘住了，拼命拔下来，急得一头汗，鞋子上已经沾了黑乎乎的柏油。

盛夏轰然而至。

花儿就在那里

收拾书架，是我的一个爱好。在我看来，书也是某种生命体，书架，就是它们的集体宿舍。作为舍监，我常常要安排和调整它们的住处。

书们，有的大，有的小，有的身材单薄，有的厚实粗壮，有的是布衣士子（平装版），有的是华服加身（精装版），有的年岁已高（跟着从我老家出嫁，几经辗转的书，还有爸爸当年转赠给我的旧书，又有一些旧书店淘来的二十世纪八十年代旧书，装帧和封面都简素，身量也小，我把它们专门放一格），有的还没拆封，蒙着薄膜。

基本摆放原则，是参照图书馆的编目，以国别和书的文体、类别来分——常常去图书馆借书，对“A”到“Z”的各个区域，都如自家客厅一样熟悉。那天，站在“TU”区那几架书前，正翻书，眼见着一个姑娘从“TS”区晃过来了，我心想:“你该回头了。”“TU”区之前是“TS”区，“TS”是轻工、纺织类，有很多钩编、烹饪书，是女性的兴趣范畴，到了“TU”，就是清刚硬冷的建筑工业区，正想着呢，姑娘转身走了。（TS当然也很好，津端英子和妹岛和世同为我所喜，个人按下自己的快乐模式键就好。）

当然，给书们分房时，我也很顾及亲情：一家人的书，有时会超越一般性原则，摆在一起，比如柳宗悦、柳宗理、柳宗民父子三人，虽然从类别上分属民艺、设计和植物学，但是他们是亲人，所以高低错落地站在一排。又有的是夫妻情侣，比如周有光和张允和，当然要排排坐；至于文坛宿敌、口舌不断的，要隔离，比如纳博科夫和布罗茨基（后者我和桑塔格放在一起了，好歹他们是情侣）；谷川俊太郎，我谈不上偏爱，但把他放在我的佐野洋子旁边，不管怎么说，他也是唯一配得上我女神的男人吧。有次，听闻某作家夫妻已经反目，我第一反应就是把他们的作品分开了。

有时玩心一起，也会随性摆放。比如按颜色：把某个书架的书，以颜色分类，远远望去，色块纷呈。小时候看《爱的教育》，里面有个小书呆子，他的书很多，都是按颜色摆放的，同色系的书放在一起，我老是喜欢想象那个书架。一个丰饶的、华美的精神宝矿。

书的数量不算少，但我总能记得某本书的大体方位。它们像晚饭前在楼下嬉戏的小孩，我即使切菜煮饭，不抬头，也知道它们在哪。轻轻一声呼唤，它们就能应声而出。

陈年旧书、资料书，都放在阁楼书墙上。装修时意念清晰、一定要设置的功能区，就是这面书墙，它的长度是五米，最高处三米多，低处一米六左右，装了八格书架，从十层到五层不等，随着年月流逝，开始散逸出轻尘味道的它，是我坚实的精神粮仓和大后方。

整理旧书的时候，会时空恍惚。中学时买的一本《色彩心理学》，还在书墙的第三架第四层上。我依稀记得，当时出版界开始渐渐繁荣，日本的笔迹学、色彩研究书进入了中国，而这又在我的兴趣范畴里，那本书我研究了很久，拿来偷偷比对周围同学的衣着选色，心中暗暗揣度，乐趣无穷。再看看眼前，我最近手边在读的，正是一系列的色彩专题书：于非闇的一本关于中国画的颜料研究、鲍尔的《明亮的泥土》、芬利写西方颜料史的《颜色的故事》、贾曼的《色度》、帕斯图罗的《色彩列传》，全是关于颜色的书。

二十多年过去了，我和那个好奇心爆棚的中学生之间，心，又走了多远的路呢？

楼下还有四个书架，卧室里的两个，是敞开式的，开放式书架的好处，除了取放方便外，就是利于展示收藏物。我不喜欢过度添置琐碎的小物，怕除尘麻烦，除了有纪念意义的：皮从小到大的照片，朋友从意大利带给我的莫兰迪明信片，装框放好，又有一个“止语”的小石花器，养着铜钱草，我很喜欢这两个字……少言生静，静则生明。

这两个卧室书架里，放着我最心爱的书。书柜都放在我床边，通常该摆衣柜的位置——当年装修时，我说不要买衣橱，大家不信，结果，衣橱在空置很久后真被拆了，我的四季衣服和鞋子、包包，一个两门小壁橱，足够装了。最爱的书，都得在眼前，我喜欢睡着的时候，也知道它们就在我附近陪伴着。书并不是简单的消费品，比如那套洪范版的西西，共计二十多本，是我收集多年才集全的，它们来自五湖四海，从苏州诚品到香港的旧书店，还有朋友的赠品，里面凝结了时光和友情。

楼下另外两个书架，是配玻璃门的，用以放置必须防尘的轻型纸做的书，和皮皮的彩陶手作。钢琴边那个深色的书柜，是白蜡木的，颀长优美，与琴同色，专门摆放例如新经典的外国文学系列和南大社的精典书系、邓云乡文集这种成套的书。小书房里那个，是白橡木的，实木质地，随着时间流逝，木色越发沉着，里面散放着早些年读的一些散杂文集子。

我看西西的书，特别喜欢她写的逛街段落，有三次逛街，让我印象深刻：第一个，是在《店铺》里，写的是老街上的传统店铺，酱菜店、南货店、藤器店、腊鸭店、古董铺子；第二个，是在《哀悼乳房》里，写的是切除乳房后拖着病体逛拱廊街，看橱窗里秋叶图案的毛衣；第三个，是《候鸟》里孩子视角里的故乡的店，蛋糕店、理发店。这三本书的写作年份，分别是 1975 年、1990 年、1991 年。在乳癌之前和之后，一个大病之人，一以贯之的，是依旧有着对世界、对美的热情，旺盛的生趣。这个，是她最打动我的地方。

而我在书架前的巡礼，正如逛街的快乐，看到那么多美丽的思想，像花朵含苞在原野一样，安静地待在它的物质形式里，只等着我去唤出那美与智，再一一内化为自己的。花儿就在那里，那时时可推门领取的喜悦，让人幸福极了。

为了玫瑰，原谅刺吧

并没有日常买花的习惯。少女时代，彼时新鲜的切花尚是个奢侈品，并未如现在满大街皆是，花种也很单调，不是玫瑰就是百合，要么就是扫墓的菊花。逢着情人节或是特殊纪念日，捧着一大抱盛放的深紫玫瑰，昂然走过街市的女人，脸上是小心控制不溢出来的得意和惊喜，因着喜悦，也因为羞涩——不习惯这非日常的戏剧化峰值。

二十岁出头的一个春日早晨，整整一夜兴奋未眠的我，听见他在门外大声叫我的名字，手里捧着一小捧礼花：玫瑰加百合，加几只小小的满天星。那天我是新嫁娘，女人一生中最闪烁的巅峰，唯一一次被当作主角，被众人瞩目，我和我的一切都合理地大肆放着光芒，不怕开罪任何人、任何眼光，以及被人和眼光设为默认值的平淡生活。花店的店主，还特别送了漂亮的头花和别在衣服上的玫瑰给我们。婚礼结束，我小心翼翼地收好这些难得收到的花朵，想把它们晒干做纪念，最后不知放哪儿去了。不记得了。

那些花儿，哪儿去了呢？

新书做活动，南京活动场，蓉委托她在南京的表妹给我送了顶贵的捧花，在北京活动时，也有，我想让当地的朋友带回来，大家自然不肯收，实在舍不得这盒华丽漂亮的花朵，我把它们拍了又拍。

那些花儿，被打扫的人当垃圾扔了吧。

玫瑰之后的婚姻生活，并非我想象。如我少时所愿，我嫁了个极爱我的男人，有了非常可爱的宝宝。有时，我会悄悄地看着我熟睡中的孩子，一直到她睁开覆着长睫毛的细细眼睛。我看着那对黑黑亮亮的瞳仁，心里会忍不住感谢上天，觉得自己配不上这样的后代。

然而，这只是荆棘上的玫瑰，比玫瑰之美更直接的身体感受，是每日踩在脚底的刺。伴侣的经济头脑混乱，给家庭引发了巨大灾难，十年之间，那些处理不了的纠纷、一波又一波的恐惧和惊吓……我都在焦头烂额地应对，每日疲于奔命。

家庭内部是微型的十年动乱。然而窗外仍然是越来越高涨的消费时代，满街都是飞奔的快递小哥，垃圾堆里，包装泡沫多得漫出来，地球的蓝色眼泪，也就是海洋的表面，飘着难以清算的白色垃圾，无法降解。而我呢，购买欲始终低迷，除了书以外，基本就是必需品。物欲低，是一方面，另外，我的生活飘摇不定，一个根基不稳的人，是不敢也无心囤积的。

每天去买粗麦包，给宝宝买甜甜圈，都是固定路线，一条从我小时候就没换过名字的街道。自然，我也会经过街上的花店，街上有很多花店。

第一家，老板娘特别勤快，她家的花以大盆绿植为主，只要是晴天，就会看见她把盆一个个抱出来，晒太阳，修叶。冬天的南天竹、小金橘一摆出来，我心里就喜悦起来，又要过年了！最热的日子里，她用竹簸箕晒干花，大片的绒绒的厚玫瑰花瓣，摊在日光下，是我忍不住会看了又看的。

第二家，这家店的经营风雨飘摇，不如第一家那么务实地踩准市民消费神经得以长存。他们先是装修了小资风的店面，门拉手上挂着冬青叶衬底的花环，近橱窗处有木搁架，上面是迷你仿古瓷器里养的多肉。店里有一只超萌狗狗，蹲在仙气十足的绣球花边上，眼里流淌出汩汩的交流欲。路人会和狗狗对望两眼，拿出手机来拍照，但少有人进去。关张以后换了主人，文艺风的花架干花都扔了，改成批发为主的小商品市场了。

第三家，极小的楼底店面，不规则的楼梯间下方，店主动脑子，在倾斜的屋顶上，也见缝插针地倒悬着做干花的勿忘我和情人草这些干燥度比较高的花。除了这些有店面的花店，还有踩着三轮和摆摊卖花的，它们多卖应季花，雨季的时候，干脆弄了满车满地的栀子，白白绿绿的，远看甚为清新。此外，还有挎篮卖白兰花的老太太，掀起保湿的白布，下面是摆放得整整齐齐的对花。

然而，我并未走入其中任何一家，也很少买花，骨子里，仍然觉得花是应该被收到的礼物，在生命的动作体系里，是被动式的。

皮的学校春游，去农场看羊驼和火鸡，她舍不得拿零花钱去买喂食饲料，就捡别人落在地下的来喂，即使这样，也会给我买礼物：教师节那天，校门口全是卖肥皂纸玫瑰的，小朋友会买来送老师，老师的桌上，那天全是花，但是皮买了两枝，一枝送老师，一枝偷偷放在书包里带回家送妈妈。我洗干净一个喝完的果汁瓶子，把花插进去，去年一枝，今年一枝，一共两枝。

在太原，初冬发黄的雾霾里，行人竖起衣领匆匆走着，我脑子里装得满满的：那些美丽至极的佛像、飞天，一刀一刀在悬崖上刻出的眉目，千年之后依旧宛然。然后，在街头，劈头盖脸地，撞上一株巨大的、明丽的玉兰花！当然是假花，可是它又大又壮，挂满花朵，理直气壮地站在北方黯淡的冬日里。没见过花店这么装饰门面的，但是我喜欢，看了又看。虽然打不过季节和天气，但绽放的欲望，在玉兰花里，也在晋祠小亭子里都描着的百合和梅花上。

最近，无意中，开始为自己买花：一把茉莉，并不觉得是适合摆放的花，散开后枝叶粗嘎，远了香又淡，花头易脱落，花瓣易生锈迹，然而仍会偶然买来。又有一把桂花，香气悠远。

买完花，才发现自己连花瓶都没有，只好把矿泉水瓶子剪开，或是拿料理机不用的那个大搅拌罐，来放花。

这样潦草地对待美丽的花朵短暂的生命，是不对的，于是，决定上网买花瓶了，首先想的居然还是不要买大，费花，就是费钱，接着心里对自己呸了一声，顺应喜好，任性地买了看上去最喜欢的青瓷仿古琮花瓶，好美好仙啊，我也要努力适应享受这样无用的美啊，毕竟，我们是因着玫瑰，才原谅生活的刺人，不是吗？

爸爸的书

整理娘家书架，里面堆得密密麻麻的，都是爸爸的旧书。爸爸出生于一个单亲之家，爷爷很早就离开了他们。奶奶在大学门口，踩缝纫机，帮学生们缝补衣物，以此来养活一家五口。就是她本人，还有爸爸和他的弟妹们。

做学生生意，本来就利薄，而学生又多清苦，有个学生送了破烂的冬衣过来织补，缩头缩脑的，不敢来取货，是连那几毛钱都给不出。半夜三点，奶奶把爸爸喊起来，寒冷的冬夜里，爸爸去城外，用板车拖菜，批发来卖，遇到路过菜场的同学，爸爸把头深深地埋起来。

家里收入微薄，且不稳定，奶奶差遣爸爸去买煤球和米，都是几个煤球、三五斤米地买。上学的学费，也是凑的借的。爸爸成绩一直很优异，还参加了市里的数学比赛，但是在他高中毕业那年，因为家庭出身的原因，他无法参加高考，只能去做了房管所的工人。

但是，爸爸是爱买书的，家里到现在还有很多旧书，是二十世纪八十年代那种简朴的装帧，上面印着书面，单色或极简的几笔插图，就是封面，里面的扉页早已发黄，上面写着爸爸的名字。

很多书上都有“购于某某新华书店”——我爸爸是出差机会很多的业务员，常常去全国各地。扉页上，写着“青岛”“太原”“上海”的字样。爸爸喜欢日本推理小说和西方文学，尤其是俄罗斯文学，那些书多是人民文学社和上海译文社的，俄国文学书的字体小得很，眼睛看得非常吃力。那些蚁行的小字，充满了我童年的夏夜。很多年后，我在座谈会上谈俄国文学，谈到最早在家里看到的俄国文学，谈爸爸，反反复复地，谈了好几次。

幼时的记忆中，家门口有几丛草地，爸爸带着我去捉蛐蛐，放在罐子里，捉累了就背《唐诗五十三首》，小小薄薄的一本，封面上写着书名，丢了，爸爸又买了一本。然而，他始终是个匮乏时代成长起来的务实家长，并没有送我去学琴棋书画这类他觉得无用的人文爱好。

他是个“活络人”，这句话是南京话，意思就是灵活、善于寻找机会、不安于现状。改革开放，是适宜于爸爸这样的人的，他一路想法子从下放的农村调回了城市，进入当时热门的兵工厂，为了在工资之外赚外快，改善家庭生活，我爸爸自己组装彩电，每天半夜，试装好的机器，会发出一声很大的声音，把熟睡中的我和妈妈吓一跳。

我爸把电视放在家门口，不但邻居，包括下班的工人路过，都会来看几眼。一群我不认识的人，穿着汗淋淋的工作服，看着慷慨激昂的《上海滩》。人人都知道，我爸爸是那一带最能干的人，打官司写状子，买紧俏物资，总有人来找他。

在工厂，虽然效益不错，但爸爸仍然不满足于工人的身份，他又进修读书，混了个文凭，他脑子机灵，应付考试绰绰有余，常常逃课打麻将，不过麻将没白打，那些麻将友，很多成了他日后的工作伙伴。

他从工人晋身官职，去了很肥的口子，从未停下奋斗的脚步。从小到大，我没有过金钱上的匮乏，而且总是率先享用时尚物资的小孩。爸爸是那种崇尚洋玩意又精打细算的中国人，为了省很少的差价，他从上海给我背大瓶的可乐（那时没有超市，买洋玩意得去海员商场），第一次去香港出差，他给我买了成箱的公仔面，当时，内地只有三鲜方便面。

后来他开始做生意，赚了钱（他一向擅长理财），越来越像个老板的样子。穿定制的西服，晚上总是吃不完的饭局，办公室里放着红木书架，里面堆放着他晚餐后，从夜市摊子上买来的书，多是盗版书，纸页脆薄，排版疏松，字体粗大——整理旧书时，对书籍美尚有要求的我，恨不能立刻把它们藏到我看不见的地方，觉得太丑。但是，我又拿起它们，翻了翻，那些书基本都是厚黑学、职场人际、成功学，最多的是曾国藩家书、明史、商业和政治成功人士的传记。那些书，千篇一律，都是封面上印着一个满面红光的大头像，又粗又黑的字体写着书名。

那是爸爸最好的时光吧？他得到他贫瘠不堪、被人贱视的幽暗深渊一般的童年里，深深渴望的一切：钱、地位，有人对他点头哈腰，喊他一声老板。他不是个深沉的人，哪怕坐出租车都忍不住对司机炫富，他慕强，看不起穷人，总是忍不住挖苦几句。每晚，他例行喝醉，发酒疯，把我妈妈打到耳孔出血，我们时不时要在半夜逃出家门避祸，白天，我睡眼蒙眬地去上课，那时我正要参加高考。

他那点钱，慢慢也被耗掉了，没有了。可是，他的自我形象定位，始终封冻在他的巅峰时刻。

死之前，他还瞒着家人，偷偷做了一笔生意，用低得惊人的价格。他离开社会很多年，搞不清物价上涨幅度，被人蒙了。我和他争辩，他说："我怎么可能做错？"还是一脸的自恃。再说下去，他就要打我了吧？整个童年和青春期，他的粗暴，让我从来没有安全感，我很少提到他，父女一场，我只希望记得他对我的好。写文章时，我从记忆里挑挑拣拣，努力拣出他的好，但是，那大面积的暴力，差不多就是关系的底色，我无法回避。

他重病、住院，护理的过程中，我们僵硬地相处着，有阵子，病情似乎缓和了，我放松了点。某个周五，我在图书馆借书，妈妈给我打电话："你爸爸突然晕倒了，只有一只眼皮还能眨，我问他要不要你马上赶过来，他就拼命眨那只眼睛。"

收拾爸爸的书柜，竟然翻出格林的《人性的因素》、太宰治的《斜阳》，二十世纪八十年代的书，封面是简单的色块和人的剪影，谈不上装帧，纸页也早就发黄。格林是我深爱的作家，而这几天我正在看太宰治的遗腹女儿，追述她爸爸的回忆录，那不是纪实，而是被揣测黏贴得近乎虚构的东西。一个私生子加遗腹子，连母亲也不过是短时情人，她怀着侦探般的好奇心和耐心，一点点地拼凑出父亲的形象，如果爸爸还在，我能和他讨论这些吗？告诉他，我虽然在他身边长大，心里却始终对他有隔膜。

这些隐秘的精神牵连、血液里的传承，似乎比血缘更让我觉得亲切。这些旧书，放在明晃晃、簇新锃亮的新书里，格外落魄相，我把它们专门放在小小的藤编书架里，它们都是二十世纪八十年代的书，开本小，那个书架我专门用来放老版本的书，任它们在墙角里沉淀出旧色的书影。此刻的我，翻翻这些发黄的旧书，想想爸爸的一生，想起他匮乏、贫瘠的童年，他虚荣又膨胀的自我，他拼命拨转命运的奋斗，想起父女间始终不能消解的隔阂，最后只能用一只眼睛来传达的感情……我的泪，流了一脸。

他那被人欺凌的穷苦童年里，想买一个书包都买不起，所以他给了我丰厚的物质，这就是他想象中的父爱吧。他少时即被父亲遗弃，还是个孩子时，就得像成年人长出硬壳，应对人事，心如钢铁地奋斗和养家。仁厚的父爱，和温柔的夫妻之爱，是他生命中缺乏的情感体验，他自己都没得到过的，大概也不知怎么给我和妈妈。我抱着爸爸的书，就像安抚一个哭闹的婴儿，那是在我的心中，重新出生的爸爸。

妈妈的信

吃饭的时候，妈妈突然低头，有点羞涩地说："我昨天找换季衣服，翻了好几个抽屉，居然翻到当年我给你写的信。"妈妈顿了一下说："真想不出来，我当时居然有那么多话要对你说，好像怎么写也写不完似的。"

我连忙让她把信拿出来给我看，妈妈从床下拖出箱子，里面有几封信：转学后，原校同学写给我的、过年的贺年卡，二十世纪九十年代的卡片——上面涂着粗糙的银粉，画着很主旋律的圣诞图案。还有，就是这封妈妈的信。

信封上写着我的学校、班级，还有我的名字，名字后面写着"女儿"。不知自小腼腆的我是怎么在众目睽睽之下收信的。中学时代的信，都是放在传达室里，有时也有同学顺路拿到班上，摊在讲台上，大家自取，我是偷偷地拿走这封信的吗？不记得了。

皮抢过信纸，想大声地读出声，我立刻制止了她，怕她外婆也就是我妈，会觉得不好意思。我把发脆的信纸展开，上面是妈妈年轻时的字，字原来也会老，妈妈现在的手力不足，记性也坏，字的棱角没了，字体是软的，很多错别字。年轻时的字，倒别有一种隽秀。看落款是1990年，那年我十三岁，妈妈去上海探亲，后来转道去云南。舍不得买卧铺票，三天三夜的火车，坐得腿全肿了。妈妈就是在这旅途中，上海、昆明，一直在给我写信。

写的是什么呢？“女儿，那天你帮着妈妈推着行李，到火车站，妈妈很高兴，我的女儿终于长大了。”“你该考过期中考试了吧？考得怎么样呢？妈妈很想念你，一定给你带礼物。”这样矜持克制、几乎没有什么修饰词汇的表达，却已经远远超过了她日常的抒情幅度，足以让现在的妈妈，觉得有点尴尬了。我爸爸特别善于言谈，非常热衷于表达，从小，家里都是爸爸的声音:发号施令的、对我们狂暴怒吼的、醉酒后骂街的。很少听到妈妈的声音，她几乎是个悄无声息的存在。

和她比起来，我实在是表达欲喷薄，我刚给我家皮写了很多信，准确地说，是一本书。可是我对孩子的爱，又怎么能达到妈妈的百分之一？

妈妈的爱，是春风化雨、无声无息。皮刚出生的时候，推出产房，所有等候的家属，都围拥过来，亲啊抱啊摸啊，我妈却只是在邻床的产妇床边转了一圈，默默观察了一番，然后就悄然出门了。等所有人亲完抱完赞美完，终于发现我们带来的奶瓶尺寸不对（粗心的我准备了完全不适合初生婴儿的大号奶瓶且忘记了奶粉）时，妈妈已经赶在超市关门之前，带回了新奶瓶。她高度近视，又担心我，急着往回赶，一脚踩进了水洼，湿了半条裤腿。

妈妈不善言语，却有耐心和慧心。皮周岁的时候，还不能完整的表达，坐在伞把车上，老是哭，我们都不明白是为什么。妈妈仔细地考察，调整了推车的角度、改动散步路线，后来有一天，妈妈给皮缝了小垫子，皮不哭了，也不在椅子上扭来扭去了。原来因为便携伞把车布料薄，她的小屁股怕冷。妈妈终于破解了不会说话的皮的心思。

新婚时,妈妈常常穿过整个城市来看我。她舍不得坐车，骑着自行车将近一个小时，穿过城市来我这里，带来各种净菜：一只鸡，洗得干干净净，内脏放在小塑料袋里，葱姜全都理好了。那只鸡我一直没吃，过年时带到婆家，漫天的年夜鞭炮声中，我想妈妈，不知她的餐桌上炖了鸡没有，我想妈妈想得哭了。在这些菜旁，常常有妈妈的手写纸条，写的都是菜的做法和处理方式，或是给我带了什么东西，放在哪里。小小的字，整整齐齐地罗列着物品。这些留言条，才是妈妈给我写得最多的信吧。也是她惯于的表达方式:切实、落地、不言爱。

而我一直到了今时，做了母亲、历经人生沧桑之后，才能在妈妈这个不习惯说想念和爱的人的留言条里，读出爱，读出想念，读出我离家后她的孤独。我是个长期浸淫于语言，并且大量生产语言的人，可是我却知道，最深的爱，往往没有语言的外壳，就像妈妈对我这样。雨夜回家，妈妈早早烧好了热水，她想我一定很想泡个脚。皮哭闹时，她立刻抱走她，让我安静读书写稿。妈妈不发一言，却动足脑子在想我需要什么，真正地完成了关注重心的挪移。一盆热水，一个安静的空间，都是妈妈给我的信，上面写着爱与关怀。

非抽象的秋天

在阳光金灿灿的日子了，我坐火车来到了山西。很久没有坐夜车了，在铺位上迷迷糊糊地睡过去，又在早晨在陌生人刷牙的声音中迷糊醒来。列车员拉开窗帘，看见北方的黄色烟尘后的天空，雾蒙蒙的早晨，心里还是有点小兴奋，胸膛里跳跃的，还是那颗二十岁的欢喜心啊。打热水，冲咖啡，一直最喜欢在卧铺的床边看书。

下了火车，坐汽车直接到省博物院，偌大的展厅，参观人数比陕西博物院少了十倍。我看了一个意大利瓷器展，看了古晋国的青铜器，古晋国的底气果然足，青铜器展厅展品相当丰富，硕大的牛尊，是祭祀时用来煮牛的，匏壶很可爱，还有个萌萌的商代鸮卣，一个双面猫头鹰的酒具，长得特别像“愤怒的小鸟”，一看见这只三千年的老鸟，我就想笑。

接着，我走到三楼。

那是佛像展厅，进去以后，倒吸了一口气，整个展厅，布置成石窟的样子，好像一个个依山而凿的石洞，里面，是一个个精雕的佛像。

美，原来是这样具体的东西。

一个个石窟看过去，有美院的年轻学生在临摹，三三两两，也有人拿单反拍照，一个个石窟里佛像都美得让我有点惊惶，似乎有某种不能承接之感，草草浏览了一遍，就走了。中午放下行李，休整一下，吃了实实在在一碗油泼面，抖擞精神又去了博物院，学生们都走了，听说是去大同云冈了。整个展厅里，就我一个人。

只我一个啊，我去看那些佛像，那些纤毫毕现的飞天，那些金线描出的佛光，那些沉静悲悯的脸。有个观音像是宋代的，挽着发髻，蛾眉凤眼，俨然就是一个民间的小家碧玉，眉目宛然，如春风里初萌的柳芽。我一直看着她的脸，太邻家妹妹了。

在辽远的时光之外，在塞外的苦寒之中，在漫天的风沙里，一双皲裂的工匠的手，一点点地将这些美，从嶙峋的山崖上凿出。千年后，这些美来到我面前，它安然地与我对视，咫尺之中，就跨越了千年。它的美，是如此地直击人心，瞬间就将我说服，远比概念来得动人。一尊佛像，胜过整本美学书。存在，永远都是最好的说辞。

第二天，去了晋祠，我最喜欢的，不是圣母殿和鱼梁，而是晋溪书院：土布门帘，小小院落，前门里迎来秋阳，后窗含着远山。这样深深的秋日里，安静地在落叶窸窣中读两页书，多么好。我要赶晚上的回程火车，舍不得浪费时间去就餐，中午就在一个小亭子里吃午饭，包里还有一个南京带来的面包，在旅途中变硬了，但还能吃，我一口一口地啃面包。对面的祠堂上，画着方胜合罗花，再抬头一看，亭子顶上描着工笔的百合和黄杏。

生命中总有这样的时刻，你会感谢神灵对你的眷顾，在你的有生之年，能看到这样的美。那一刻，活着、幸福、生命、艺术，统统都是一件事，就是具体的秋天、从脸侧飘下的黄叶、眼前不受打扰的古树，它们长得合抱粗，还有枝头挂着的沉沉的皂角、枣子和金银木果。我对“双十一”这类购物狂欢节素来无感，也不会被集体的消费欲所裹挟。少买一条裤子，或一个包，这些，我从不在意。但是，我对人类聪慧头脑里创造的艺术、思想和美，从来没有抵抗力，与这些美错身，会让我遗憾。所以，我成了一个书虫，书，是思想美的实体。也因为此，我在书院落满银杏叶的小长椅上，坐着，不知该做什么，只想浸润在这美中，多一会。

我读书、旅行，不为考据研究、成为学者专家，只为了时时把自己投诸广阔的世界，在小我的纬度之外，置身于更大的时空之中。人的一生是短暂的，只是历史长河中的一个小黑点，瞬息被时间淹没，而我只想看看，在我之上的蓝天上，飞翔着怎样的白羽，在我之下的土地中，又是哪一种植物已经繁衍千年，当我见到它时，我想喊出它的名字。我想知道，在我之前，世界是怎样的，有过怎样的人，他们的哀矜与喜悦、痛苦与爱。“生命”既是个单数，也是个集体名词，而“一生”，对我来说，既要创造自己的生命之光，也要最大广度地分享在所有生物的维度上的那个生命之美。有生之年，能遇见这些美，我觉得自己很幸运。

洞穴与鸟巢

不知是因为上了年纪，还是成长在匮乏年代，我发现妈妈的囤积癖越来越严重。

每天都在研究商场打折广告，把减价的东西大量购置，家里的角角落落都堆满了。每天我回家，要一路途经米袋、卫生纸、洗衣液、肥皂、饼干，跨越各路杂物，才能艰难地抵达我的书桌。另外，各种废弃物资，妈妈也是绝不丢弃的，包括皮和我穿过、嫌小的衣服，早就过期的酸梅粉、绿豆糕、蛋挞皮，变形变色得已经不知为何物的可疑物，网购的各类包装盒，喝完酸奶的瓶子，妈妈也要洗了收起来，塑料袋也是，家里的空中，飘扬着各色袋子。

偶尔到我家做客，妈妈环顾四周，叹气说："很空旷，不像个家，不聚气。"

一开始我嗤之以鼻，指出她落伍的审美，并购置了几本日式收纳书向她科普，告诉她提升家居品质的重要性。我妈戴上眼镜认真地看了，感叹说干净整齐，最后……仍然是一个一个洗晾她的塑料袋。

然而，即使舒适度欠佳，空间逼仄，我仍然很眷恋妈妈家。我越来越觉得妈妈家，像个洞穴——任何一本建筑史，不管是哪个国家的，介绍古建，一般都是从洞穴开始。《中国古代建筑史》开篇就是山顶洞人的穴居之处。古代的人类，茹毛饮血，衣不蔽体，最后他们找到了洞穴，躲避野兽和风雨。

古人白天挖掘山芋、土豆、葛根，在树林里捡栗子、橡子，偶尔还能遇到几株野生野长的麦子、稗子啥的，搞不准还摸点虫子、抓只小鸟来补充蛋白质。晚上，回到洞穴。在洞穴里，他们储存食物、繁衍后代，学会了用火烧制熟食，走向文明，在古洞的墙壁上，留有人类最初的文字。世界各地，都有出色的洞绘流传。

而动物界，与择偶相提并论的大事，就是筑巢了。一只雄鸟往往要花数月时间，衔来树枝、草皮、羽毛，辛苦地修建家园。有一些鸟窝漂浮在水湄，以树叶覆盖避让天敌；有一些鸟窝用蜘蛛丝拴在树间，像吊床；鸟巢还有带内外间的、有防水隔层的、大小套房的，这个建房工匠的技术，和雄鸟的毛色、悦耳的鸟鸣一样，会成为雌鸟择偶的一个指标（换位思考一下，人类中，有豪宅的高度帅，择偶也是便利的）。而狼无论到哪里，首先是找地方挖洞藏身，洞里出去的小狼，重返狼穴时，仍然会激动不已，因为那里残留着母亲和兄弟姐妹的体味。

未出生时，我住在妈妈肉身的巢穴里，成年后，仍然不时返回她帮我遮风避雨的巢穴……

那密密的塑料袋、旧衣服、米袋、油瓶，现在看来也不是那么碍眼了。它们就是妈妈用来搭窝的树枝和草皮。妈妈特别爱储备我和皮皮都爱吃的各类零食，趁着打折大肆购买，即使是雨雪封门的日子，我和皮皮也能随性吃到爱吃的东西。

洞穴里，不仅有物质储备，适口充肠的各种食物，也有精神食粮。满墙、满橱、满地，成捆地、散落地堆叠着我历年来，给自己和皮皮买的书，大大小小、整齐或不整齐地占满了家里的空间。妈妈每每抱怨我“爱摆地摊”，待这些书被收拾过，我想剔除一些旧书时，她又舍不得，堆在那里很久不肯卖给收旧货的人。去阳台收衣服、理菜的来回路上，经过这些书，她会停下来，翻看，觉得每本都很好看，有时无知觉的，就耽误了做家务。这是一个丰饶的大洞穴，里面有我们随手可取的精神零食。饭后，三个人摊着、躺着、坐着……看各自的书，妈妈文化不高，遇到认不得的字，她就用纸抄下来，然后问我，皮看到有趣的段落，会咯咯咯地笑个不停。除此之外，家里静如平湖。这个家，是我们仨温暖厮守的巢穴。

我每次回家，都脱了鞋子，换了睡衣裤，爬上床，把书围着手边摆一圈，然后掏个洞，坐进去一本本看，好像坐在一棵长满了书的树边，随时可以采摘知识的果实。皮也跟着我养成了这个习惯，一放假就飞奔上床看书。妈妈在灶台、饭桌、洗水槽环绕的三角地带里，游刃有余、不疾不徐地操刀点火，把烧制好的食物一盘盘端上来，就像一只从容镇局的大鸟，而我和皮，真像两只被喂哺得足足的快乐的小鸟。

和你在一起

家的附近，开了几家小影院，其实就是商场的顶楼，安置了几个小小的放映厅，一个吧台取票、卖爆米花、薯条、炸鸡等观影时吃的快餐，周围散布着一些等候的座位。如此，顶着一个磅礴的名字，某某影城之类的，就是了。

夏日酷热，皮皮在七月上完了培训班，八月的酷暑中，无聊并闲散着。每天，在早凉中，我晨读，她外婆买菜、做杂事，然后皮皮就起床，看看闲书、玩会小熊，有时做做手工肥皂和绒花，午餐后是漫长的午睡。午睡醒来的时光，慵懒又百无聊赖。然后，我们互相望了一眼:“来，看看美团，有啥电影上映了？”

然后，我们就开始选电影了。皮皮很乖觉，察觉出我有想看的意思，就会顺势迁就我，我说：“这部电影刚得了戛纳大奖，妈妈特别喜欢这个导演，妈妈的书架上，有很多他的剧本小说。”皮皮点点头：“那我们就去看吧。”

皮皮换上蓝布裙子，我揣上阳伞，在烈日下，我们到车站等那些老也不来的车。两站路，到了商场楼下，好不容易找到上去的电梯，整个四楼招商都没到位，全是破败的隔间，看不出之前是怎样的商家，有的用一副广告画遮着，全部的人气都聚在影城门口了。我和皮皮点了情侣爆米花，用个画着布朗熊的小铝皮桶装着，一人一杯可乐，进去看《小偷家族》了。

我们有固定的选座，四排一号、二号，这个位子最透气和自在。观影过程中，皮皮不停地偷瞄手机，感觉是在挨时间，然后看完以后，她还是说：“这电影很温暖，这个下午我很快乐。”——我知道这不是她的真心话。我挣扎着挽救自己失败的推广，对她说：“这个电影有很多伏笔，你看见奶奶去亚纪家时，爸爸喊那个小女儿的名字吗？亚纪对玲玲说自己的名字时，用的就是那个，说明她很想取代妹妹在父母心中的地位。”一路上，我不停地向皮解释着这部电影里，重重的暗示，意在让皮皮明白，这是一部深刻的、关注社会的、有价值的影片。皮皮终于忍不住说了：“可是，对小朋友而言，真的很闷哎，你没看我旁边那两个小朋友都在不停地玩手机吗？”

心中有隐隐的内疚，第二天，我主动向皮皮建议：“不如我们去看《精灵旅社》吧。”皮皮欣然应允。我们奔向另外一家影院。这家在肯德基楼上，皮揣着巧克力圣代开心地笑着，不但是她，影院里所有的小朋友，看见德古拉头上插着斧头、胳膊上缠着蛇在求爱、企鹅掀翻了菜篮、两根香蕉插在猪鼻子上之类的场景，都在哈哈大笑。我也不懂有什么好笑，但是，前后左右，都是此起彼伏的“咯咯咯”，我也觉得莫名地开心起来。

我不记得和爸爸妈妈在一起看电影的情景了。他们各自的工作都很忙，小时候，离家最近的少年宫电影院，也要坐车三站路，他们没有这个闲心带我去。我看电影的高峰期，是在叛逆的青春期。和闺蜜去看午夜场，散场回来时，街上已经无交通车，我们走几站路回家。电影院门口有块白板，上面有老电影的名字，每个公众可以用记号笔去划一道线，等于是投票给想看的电影，得到“正”字最多的，就提前放映——真是朴素又诗意的民意选举。

当时家门口的部队影院，也对外开放，我常常一个人去看电影，偌大的影院，用绿色粗纹布包裹的座位，场内散发着尘土气息，影片来源不好，影像质量并不高，模糊看个剧情罢了。港台武侠片、好莱坞大片都有。观众稀稀落落，有男人对我吹口哨，还有附近的大学生情侣在卿卿我我。看完回家，爸妈应酬多，往往还没回家，他们并不知道，也不关心我去过哪里，也不明白女儿的心已经和自己渐行渐远。青春期斑驳的底色，渐渐形成。

我和爸妈唯一的一场共同观影，是当年邓小平访问日本，带回三部电影，彼时国内娱乐项目匮乏，万人空巷去看《追捕》，高仓健成为少女偶像，一直到很多年后，我爸爸在高兴的时候，还时不时地哼唱着“啦呀啦”。另外一部电影，叫作《狐狸的故事》，爸爸带着妈妈，我妈抱着襁褓中的我，去看了这部电影。我一直喜欢听爸妈说起其中的情节，什么老狐狸把小狐狸赶出家门，逼它自立之类的。我并不是对故事感兴趣，而是恋恋于那个我根本就不记得、但切实发生过的场景：爸爸、妈妈，还有他们怀抱中完全不知事的我，蒙昧地浸润在同频的欢乐之中，我们在一起。

皮皮有时会问我："妈妈你觉得幸福吗？"我说："算是有幸福的时刻吧，比如每天回家，走上楼，在楼梯口，就能听见你外婆在屋子切菜或是炒菜，只要那个声音一出来，我在外奔波时受的委屈和疲惫，就没有了，我的心里，就会很安宁。"

我还想对她说："你还记得《小偷家族》那个奶奶，在海边用嘴形对她的家人们说的话吗？是'谢谢你们'。"这个场景，皮皮倒是反复对我提起的，但出于某种我们血缘相通的共有的羞涩感，我什么都没说。

守澄之心

总算忙完杂事，抽空去大报恩寺，看了宋代丝绸展。在一大堆闪闪发光的人造景观里，人气稀落的丝绸展厅窝在一角，我好不容易才找到。这里的展品，是从长干寺地宫出土的宋代遗珍，这些丝绸绫罗，都是包袱布，里面装着香料、宝石、铜钱这些供养物，扎起四角供佛，以示虔敬。

千年之后，它们又重见天日，这些变了色、被蚀了破洞的丝绸残片，不过是大宋文化遗产的小小角落，却在空无一人（除了我）的展厅里，让人深深地惊艳了。我不明白，为什么大家都在那些无聊的现代产品旁边举起相机，却无人关注这些端丽雅洁的宋代宝贝。

无人打扰，我心神专注安宁，一张张慢慢地看过去。墙上的展品，都被丝绸博物馆修复过，旁边还附了丝绸的织品还原图和结构图，我很高兴，心里暗记下来……宋代是中国丝绸纺织品集体南移的稳定期，江南的丝绸织品非常发达。这个在宋代笔记小品文里，是常常可以看到的（大家可以翻翻《齐东野语》和《辍耕录》)。

有两点让我印象深刻：

一、宋代在理学的影响下，讲究还原天地的本来形态，并予以有规律的重复，加上伊斯兰教的渗入，所以几何纹非常发达。在这个展厅里，我看见了方胜纹、方格纹等等常见的丝绸织纹，在画册里看过很多次的图样，见到实物，还是有点小感动。

我突然想起，这些纹样，在《营造法式注释》里的收尾部分，也就是讲建筑彩画的那章里，我也看到过。因为太喜欢那些画在梁上的方胜格、豹脚纹、圈头合子，我还专门去买了一套胶带。这套胶带共计六个，全是宋代建筑上的常用花纹。《营造法式》是宋代建筑著作，梁思成一生有两大学术成果，一是《中国建筑史》，另外一本就是《营造法式注释》，他那本书早就在内地绝版，我看的是港版，但是，真正能让我看得略懂一丢丢的，是陈明达注释本，可能是里面有很多实例配图的原因。

也就是说，一个时代的装饰风潮，不但体现在纺织业、画作上，也会表现在建筑物上。

二、我看到好多好美(仰天长啸做花痴状)的折枝花啊!

在所有的染织纹样里，相较于团花、缠枝、穿枝花，我更爱折枝花。折枝花纹，起于唐代而兴于宋代，就是以传统动物纹样中游离出来的柿蒂纹为基本原型，再加上各种植物图案而来。前阵子看齐东方的《花舞大唐春》，就是讲解陕博何家村遗宝的那本书，里面有折枝葡萄石榴花，但是花叶很肥，空白中是不着花纹的，这是唐代的处理方式。

在蜀锦中，我也看到唐代小折枝花的实物，远看很清丽，但近看花型是完整的、铺陈的，还是比较高调。而宋代的折枝花，更加纤细端丽、收敛克制，更对我胃口。展品里的那件折枝菊花纹包袱皮，都把我看痴了。

因为是包着供养物的包袱皮，所以整个展厅里，有种让人笃定的祈愿的美好发心感。大厅中间，是供参观者许愿的地方，很多许愿牌挂在那里，多是祝家人平安的，偶尔有小朋友稚嫩的字迹，是希望考试顺利——现代人的明朗心思，在初凉的秋意里，给这些泛黄的烟尘色的包袱皮，

带来了一点时代感。

心情烦躁时，我喜欢去博物馆看古瓷什么的，它们喜怒不惊的安然样子，会在我眼前，徐徐展开一个横向的时间轴，让我意识到：在浩瀚的时间长河中，每个人都身若微尘。它们也会拉开纵向的空间轴：去年在南博（朝天宫）看沉船瓷器展，这些瓷器都是明代或清代，在对外贸易中沉没的失事船只上运载的物品，在几百年之后，被打捞出水、加以修复后，还是熠熠生辉。回家翻《青花瓷的故事》，读着那些海上贸易的宝船轶事，觉得那些事就像在身边那么鲜活生动，我们的脚下，沉睡着历史。

展厅里发黄的丝绸和轻罗，是“月光侵水”的黄，我的心，慢慢变成“玉簪相对淡然香”。

有个包袱皮上，绣着一首杜牧的诗：“家住城南杜曲旁，两枝仙桂一齐芳。禅僧却不知名姓，始觉空门意味长。”当年杜牧少年中榜，得意非常，结果深山里的僧人根本就不知道他是谁，对修心的隐者来说，闻达于世和人间名利，不过是浮云。我又看见一个僧人的名字叫“守澄”，不知为什么，让我觉得很配这个秋日的早晨。

遥远的音乐

二十世纪八九十年代，中国开始改革开放，发展经济，衣食尚未富足，更谈不上精细的精神建设。我周围没有多少孩子是自幼接受音乐或美术教育的，像现在所谓的“特长培养”，大家都是闲散地、低密度地活着。上学，下午三四点放学，回家路上到河边采油菜花，或是去好朋友家做作业，然后就到家了，吃完饭，早早睡下。

小时候的记忆，极其贫乏，完全没有娱乐项目，也没有什么零食。四五岁时，家门口有个工地，堆满了巨大的水泥管，放学回来，小朋友都会钻进去玩。有个小朋友，带着我们勇敢地走进工厂，捉工厂池子里的鱼虫，池里小小的假山让我浮想联翩，觉得好看又说不出什么。当然没想到长大以后会喜欢园林和建筑。

爸爸有时会买些书给我读，也会在看电影回来后，大声哼唱电影里的主题曲还有俄罗斯民歌什么的，但他始终是个匮乏时代成长起来的务实家长，并没有送我去学他觉得无用的琴棋书画这类“无用”的人文爱好。妈妈要操持家务和上班，根本没有时间给我任何文化启蒙。

如果有文娱节目，某个学过琴的女孩子就来弹个伴奏乐，那时，她是让人欣羡的，因为这个特长，让她多了几分艺术气质（多半是电子琴，钢琴太贵，我小时候只见过学校一架直漏风的风琴，语文老师有时会兼职音乐老师给我们伴奏）。

爸爸算是二半吊子文艺爱好者，他天性聪明过人，在农村看别人拉二胡，就跟着学几下，然而慢慢就无师自通地摸出了门道，也能拉成调了。他做了生意，有了点钱，就开始恢复他的爱好，他去深圳出差，在商店里买了几盘古典音乐磁带，放在我们新买的爱华音响里。那声音，在小市民区的上空飞扬着，爸爸把声音开得特别大，让我很尴尬。那声音，对油烟环绕、下班时搬个小竹椅，聚成一圈大声拉家常的日常生活，简直是种冒犯。

我始终忘不了，和爸爸一起并肩听古典音乐的场景：德沃夏克的《幽默曲》，像垫着脚尖的、蹑足走近的少女，贝多芬的《致爱丽丝》是话语流畅的表白，还有让托尔斯泰流泪的柴可夫斯基。我们并不流泪，只觉得那曲子沉郁。音响是有遥控的，每天起床前，我都遥遥地把音乐打开，在那乐声中起床，真是太美好了。

我非常喜欢那几盘带子，像延展阅读一样，从一首曲子找到那个音乐家，收集他的系列作品。比如：日后慢慢凑齐了肖邦的夜曲，包括霍洛维兹、傅聪版本等等。每个人的诠释是不一样的。有时，听到特别细腻的部分，我会不耐烦，直接跳过去。古典音乐的层次毕竟太丰富了，年轻人的躁动，也许更适合听迅捷抒情的流行乐吧。

我也买流行歌曲的磁带，有时是在书店，有时是去大市场。市场的摊主，简直就是流行音乐活词典。我说："想不起来那首歌叫什么名字了。"他说："好，那你唱一句给我听听就行！"似乎只要哼出一段旋律，他马上就能人脑脉冲定位："行！知道了。"

前阵子看书，一个日本画家说随身听是个伟大的发明，它拉近了耳膜和音乐的距离，让人随身制造出一个个人空间，我觉得这个说法很准确。随身听、MP3，类似于书本，它们即时即刻地在原地升腾出小宇宙，把周边的喧热都隔绝开，给人一个独处的精神空间。中学的暑假，每天晚饭后，我都挂着随身听，里面塞上我最喜欢的流行歌曲，按下按键，下楼，从城市的北边骑到南边，大汗淋漓地回家。那在路上的一两个小时，离开吵吵嚷嚷的家，和人群保持安全距离，沉浸在音乐中，是极大的享受。

即使是现在，走在街头巷尾，拎着给皮皮买的面包、零食，突然听到饭店里传出一首二十世纪九十年代的港台粤语歌，我的身体会即刻做出反应，把剩下的句子都唱出来。我呆立在街角，像那个当年给我找磁带的"人肉歌库"男摊主一样，那些歌，都存在脑子里，一个一个五彩的声音线团，一个小小的线头，就能把它们拉出来。被泥沙俱下的沉重生活碾压得抒情汁液干涸的成年人，突然鲜活起来。想起那些旧日的无处寄身的情怀，那时，我还没有恋人，却有此生最丰富的情感能源，上课时对着一个学校的池塘，里面有一个在捞浮萍的老头，这些，都能让我写一首诗。

那些磁带，越集越多，出嫁时跟着我到了新家，堆在敞开式书架上，后来，CD、网络下载飞速地取代了磁带，它们再无用武之地，很少被我拿来听。我也无暇收拾它们，它们渐渐落上了厚厚的灰尘，但我始终没舍得卖掉它们，因为上面凝结着我那段青涩的默默时光。那是我记忆深处的少年，孤独又丰饶的青春。

一个人的电影

忙完工作，松口气。窗外，是初秋最明亮的好天气。忍不住想出去遛遛，就去订一场午间的电影吧——正好《爱猫之城》公映了。草草吃完午饭，到影院时，还早了半小时，星巴克里喝咖啡的人，都在户外的座椅上，一边晒太阳一边闲聊。远处是山和湖。我转入地下一层的电影院，与光隔绝。

午后的电影院，又是工作日，人迹寥寥，吧台只有一个小男生，问他取票的事，指指角落，问他无线网怎么上，推给我一张说明，我还满喜欢这种安静寡言的小孩。我打开一本帕蒂·史密斯的《时光列车》，他继续在吧台忙，放自己喜欢的流行乐，这个双人空间中，被低低的鼓点声胀满，并没有陌生人对峙的尴尬拘束感。

埋头读会帕蒂·史密斯的书，感觉自己的理解力呈波状起伏。《时光列车》和《只是孩子》清晰的线性描述完全不同，清晨起床时，我能看懂它，有时候，又完全看不懂。但是，有一个事实，却越来越逼近我，就是她是个志在成为诗人的摇滚歌手（而在看《只是孩子》时，我意识不到这点）。这本《时光列车》的文字质地，是富有乐感和诗性的，非常跳跃，忽而是眼前的咖啡馆，忽而是多年前的拉美行，忽而又跑到梦境中，忽而又在谈论眼前的侦探剧。

但这些碎片，又被一种整体的自我感觉统摄，它们非常像歌词，无论怎样逻辑断裂的歌词，只要被一个强劲的旋律穿行其中，它就能被镇住，获取一种"我属于这首歌"的服从整体的顺从。这本书也是的。有些章节跨度很大，而且情节的转弯和扳道来得非常突兀，但它就是一辆记忆的列车，强劲的自我气息，穿过了每个句子，使它们抱成一团。《只是孩子》工整细密，但那其实是整理过的生活，《时光列车》看似混乱，却是真实地还原了意识流。睡醒时不设防的房间，和收拾过待客的家，它们，是美和另外一种美。

正在对这本书的反刍之中，到入场时间了，检票口也只有一个人，进了场，还是一个人，就是我自己。

环顾全场，悠悠的投影光线，从后方射出，在这空无一人，全是空座的场地里，我隐隐地感觉到另外一个人，也就是放映者的存在。他和我，是一对一的。他为我暗了灯光，打了字幕，一个不落地放了五个广告，并插播了一个新片预告。

电影真是好看极了。取景在伊斯坦布尔，我对此地仅有的认知来自作家帕慕克。到处都是伊斯兰元素：清真风格的蓝色图案、黑头纱、在朝阳中闪闪发光的洋葱顶。还有，很多很多的流浪猫。这是怎样一部电影呢？细密的细节，温暾而舒服的体温感，摄像机一直是以低位在拍，给了每只猫昂首倨傲而行、一脸帝王般的神气。很多特写给了猫科动物的眼睛，它们像碧玉，像黄玉，像少年心爱的玻璃珠。这些世间最璀璨的珠宝，照亮了伊斯坦布尔。

每只猫都被认识它的人以某种感情角度陈述，然后，它出现在镜头里，一言不发，或不羁，或桀骜，或是偷鱼贼，或是真主显灵的吉兆（有只猫在某男落魄时向他指明了一个钱包所在），或是和北欧船只一起来的，然后误了船的小外来猫。由此，它们，这些世界公民，品种丰富、自由不羁。像一个割掉了影子的自由人，脚步中就有了那种无牵无挂的轻盈。

很久以前，我并不喜欢小动物，一直到有了皮皮。皮皮极其爱小动物，还记得她很小的时候，刚认识字，愤愤地把我的一本书扔进了角落，说："我讨厌人家说鸟的坏话！"我悄悄地捡起来一看，是《杀死一只知更鸟》。呃，好吧。我陪着她看《企鹅群里有特务》《鸟的迁徙》《重返狼群》，渐渐地，我也爱上了动物。所以，教育这个词，是多么别扭啊。我们更像是多年母女成闺蜜，并没有居高临下的价值观输入，而是买盒袜子都是你我各分两只那种。

一边看电影，我就一边想着该怎么组织词句，可以向我闺蜜描述这个场景。比如：一只猫低头喝水，水杯上挂着纸牌，上面有手写的"这是给猫喝的，如果你不想来世喝不到一口水，就不要动它"，还有俯瞰镜头横切过伊斯坦布尔时，那碧蓝的天，通体玻璃结构的屋顶，各种民族元素混合的缤纷的建筑。哦，是啊，伊斯坦布尔是欧亚交界处的咽喉啊。还有，博斯普鲁斯海峡上飞过的海鸥，它们和猫一起分食着大海慷慨的馈赠：鱼。有时，它们也打成一团……皮皮要是坐在我旁边，看到这里，一定会直起腰来，扶正小眼镜，咯咯咯咯地笑起来。

电影里说，你每看见一只猫，都是生活给你的微笑。想来以后，每看到一只猫，也就是生活给我一个微笑，然后，我心里都会回笑一下吧，和这美好打个招呼。而生活给我们的微笑，可远远不止猫啊。

杯酒不言谢

B：

早起看书，天色阴沉欲雪，南京已然入冬。这几天，我用起了电热水袋，吃了小火锅，晚上热一小杯桂花酒，在微醺中，听着霰雪敲窗，读几页书，读到那些很温暖的段落："（渔家）在舱顶上栽一盆葱，栽一盆蒜，有情致的还养几盆月季、山茶、仙人掌什么的，有的人家也养一只猫，一只狗"，顺便也会给皮皮读一下……我最喜欢那些关于家常日子的描述，人间是大书，我们看书就是历世，观天地，见他人。

顺便也给你寄了桂花酒，近年来，你沉迷书法，日日挥笔到半夜，我忍不住想象：你写几个字，喝口酒，倒退几步，端详一下钉在墙上的字，再写。你笑着拨正我，说是但凡提笔都是一气写下来，不会停笔。我也笑了。

近来读书，有本是个老先生回忆二十世纪四十年代，也就是他年轻时和太太一起度过的快乐日子，里面有经过你的城市。一起去石林的半山喝茶，我问你是哪个公园？下次我们也一起去，你说并不晓得有这样的地方，然后就急着要去问爸爸。

我知道你的性格，认真、敦实，交给你的事，我从不担心。但也是因为这种厚实负重，很难散发释放的重型性格，让我和你交谈时，很少真正触及我生活的核心，那些沉重压抑、焦头烂额的部分……我害怕带给你心理的负担。那些东西，就让我自己缄口扛住、消化掉吧。

我总觉得，人的幸福感，来自她的内心环境。哪怕你穿着华丽的名牌衣服、住着精装修的房子，可是心中充满愤懑、怨怼，那也等于是日日埋首于垃圾堆的恶臭之中。相由心生，说到底，就是内心环境的外化。

我很爱惜自己，也很顾惜朋友，所以，读书、观展、靠近大自然，也不喜欢反复提及负面事情，记仇和怨念，就是因为：我要帮心灵开窗换气、为心理的空间栽一盆花，打扫、除尘、扔垃圾。

《平如美棠》里，平如被劳改二十二年，美棠坚决不愿意和他脱离关系，她一个人拼命干活，到码头上背水泥包，拉扯大五个孩子，而他们通信的家书，写的几乎都是生活琐碎、花钱事项，没有写出来的是“相思比海深”……语言这个东西，到底是渔网还是米袋上的破洞呢？是漏掉的多，还是打捞出来的多？而所谓“相知”，大概就是能读出“意在言外”的部分。

我喜欢你的纯善温厚，而这善，又经过重重逆战——妈妈看《伪装者》，我说曼丽比锦云更让我疼惜。可能是因为善的成本不同，锦云的家庭环境、成长经历，她只要顺势长，就可以善良美好，而曼丽在人间的丑恶泥泞中一路跋涉，被养父卖到青楼，饱经践踏，却还是重情重义，那是要一直和内心的怨愤做斗争，在自我挣扎中很不容易才能护住、捧在手心里的一点善。同样的善，她的成本高太多了，得之不易。“我奋斗了这么多年，才能坐在这里和你一起喝咖啡”，这个原理，在心理层面上也是成立的。

善，这个东西是不是结实，一定要在被伤害之后，才知道答案。所谓坏人，很多就是被伤害扭曲，然后，把仇恨，而不是爱，作为生活的动力，理直气壮地作恶。伤害是试剂，一个人，在最愤怒时，都能对自己有要求，绝不用超底线的方式去还击，这才是坚实的善良。就比如你，和我一样，成长于暴力家庭，婚后又因为伴侣的连累而窘迫不堪，但是你始终温暖憨厚。这种沧海之后的善，让我觉得安全。

对人始终不竭的好奇心，使得传记、书信集、回忆录这类文学体裁的书，一直都是我的阅读重心。最近读了索尔·贝娄儿子的回忆录、新版杜普蕾传、太宰治女儿对父亲的追述、托尔斯泰秘书对他晚年的追忆（这些年来，关于老托的传记我看了有十本吗？他几乎已经是我生活中的一个活生生的人了）、契诃夫书信集（契诃夫不同于托尔斯泰，他较少在作品中大段论道，所以直陈观点的书信就更为珍贵）等等。

每一本书都不仅是一本书，而是一个阅读单元。我要收集并通读作品（作者尤其是小说家往往在虚构作品中比较松弛，会无意中流露出真我，贝娄儿子回忆录的一个重大价值，就是他清晰地指出了贝娄小说中夫子自道的部分）、其他朋友或亲戚的回忆录（每个人的视角不一样，维度越多，人物精准度就越高，评论家也就越容易踩点着陆，有据可依）、相关艺术史（个人都是被彼时的大风潮裹挟的）。

评论家，有时是聆听心声并分析的心理学家，有时是拼接破碎细小材料的手工艺者，有时……是侦探。而这类事情做的越多，就越明白，对人的理解和定位，是一个多么繁复而需要公正心的事情。

而你眼中的我，毛病多多却还是不失可爱吧，你记得的，始终是那个我最喜欢的自己，也是我努力的方向。一颗多么善良洁净的心，才能看到最明澈的对方呢？只言片语，终究无法表达我对这份信任的谢意，它们给了我多少战胜内心戾气的决心啊。还是不说了。

隔空举杯。

冬安。

慢慢喜欢你

快年终了，整理读书记录，今年读的书，比去年预计要少几十本，我心甚慰——我一直想将阅读降速，希望明年能更少一点。

我一直很警戒的，就是阅读量大的人，他很容易进入一个经验过度润滑下导致的“高度顺滑、涩感缺失”的状态，也就是说，他一看到一本书，囫囵地看几页，就很急迫地想去判断和定位——对这样的读者来说，文学和社会一样，也是有鄙视链的，粗糙地分类如下：

以国别来分，外国名家 > 外国普通作家 > 中国名家 > 中国古代原创作家 > 中国年轻原创作者；以工种来分，小说、诗歌作者 > 散文、评论作者 > 情感鸡汤作者；以资历来分，有外国学术背景 > 国产学术背景 > 无学术背景 > 无高教背景；以文字风格来分，夹带外文、术语、多语种混用 > 纯汉

语使用但比较晦涩 > 平易直白口语化；以脑型来分，男性学术思辨脑 > 男性感性脑 > 女性感性脑。

经过多项累积相加，他们按分数排列高下，文学作品，已经不是灵魂与灵魂的接壤和触动，而成了一道绕过灵魂的心算题，他们是古董行的估价师，急于判断这个作品的质地和价格，进行技术化参数分析，却不会被它的美感动，这就错过了文学最大的意义——对个体而言，文学的价值，不在文学史上，而是在文学接受史上，如果有一本书，它震撼了你的灵魂，在你的心中投下终身的背影，成为你人格背景的一部分，那它才是有价值的。

最近再次重读陶渊明，上阁楼找他的全集，那书是我刚上初中时买的，那时我就和皮皮现在一样大。书已经泛黄了，因为没有锁线，出现严重的脱页，上面几乎没有笔记和勾画。很简单，十三岁的我，根本就无法进入陶渊明的境界，连他的文字也不能读懂，只能望书兴叹。后来，这本书就随着我搬家、出嫁，被遗弃在作为书库的阁楼上了。

而二十多年后，我把它翻出来，拍拍上面的灰，一首一首读下去，在夜间难眠的枕上，心里默背着，几欲落泪。再没有比他更贴近我心的诗人了：那因为冬被太薄而冷得渴望鸡鸣报早的长夜，那几度出仕又归隐的辗转纠结，那穷得要上门乞食的落魄与难堪、牢骚与怨气，那“道胜无戚颜”的内心完满自足，历历如亲见，也懂……经历了多年坎坷的我，像擦干净一扇蒙尘的窗，终于走近了他。

陶渊明是在死了很久之后才被世人认可的，在活着的时候，几乎没有人把他当诗人，他率性质朴的文字风格和魏晋的华词丽赋格格不入，他们记载他也只是当成一个时代的古怪的名士，而这冷落，倒是成全了他，他最终活出了“凝霜殄异类，卓然见高枝”。

我常常去山路散步，有时会看见一些幽径，顺着走进去，能遇到那些最孤独的大树，它们因为远离人道，不会被修剪和关注，只是枯荣自守地默默开落。我总惦记着它们，想去看它们春天开什么花？夏天有没有长出翅果？秋天叶子变色了吗？冬天树干开始剥落吗？它们太高大了，拍它们的时候，我的脖子仰得很酸，四周一片沉寂，只有枫香果和青岗子掉在落叶上的微响。除了我以外，云和鸟儿也总是记着它们，那些树上，总是栖息着最美的云絮和鸟声……而这份美，又

是如此遗世地孤寒自处，它们就是我身边植物版的陶渊明。

这世界上，有多少书，是用半辈子的准备才能进入的啊……我很怕我错过一本书，我更怕我错过了这仅有的一生。慢一点，再慢一点，我对自己说。

人们为何对时间的流逝如此恐惧呢？手机常常给我推荐一些软文，那种“被老公宠成小公主”“冻龄女神”之类的标题，让我觉得想笑，都公元 2019 年了，还持这么落伍破旧的价值观……东亚普遍崇尚幼齿审美，搞得女人为了获取性别红利，也拼命地撒娇卖萌装可爱，技术化充嫩和示弱。殊不知，女性除了皮囊、关系之外，有太多为自己而活的内容了，而女性的自我捆绑、内耗，正因为她们在关系而不是自我建设上耗费了太多的精力，过度致力于“女”而不是“人”的部分，忘记了个体价值是来自“人”。

我很喜欢现在的年纪。二十岁时，我青春闪耀，却又空又飘，只能靠他人的爱来确认存在感。现在的我，经过多年努力积累，是沉甸甸的。欣然自足、不假外求。

我喜欢的女人，好像也都是年纪比较大的，比如佐野洋子、西西、扬松、古道尔、石内都……后来我仔细想了下，因为她们一开口，我根本就意识不到她们的年龄和性别，只感觉到一个有趣的灵魂在发光，那灵魂的光，早已淹没了性别感和年龄感。“女”的美，会随时间而磨损，而“人”的美，却必须扎根于丰厚的生命体验，它只能是时间的礼物……所以，慢慢来，不要急。

万物都在言说春天

一大早起床，开始培土种花，趁土壤渗水期间，煮咖啡、看完昨晚剩下的书、给瓶花剪枝、做植物名牌，接着，埋种子，盖好薄膜育苗。上山看花，山路上，人渐渐多起来。只能走主路，小径都封住育林了……万物都在言说一件事：春天、春天、春天，花枝鸟啼，路人的眉梢眼角，到处都是春之喜悦。

我妈说："侍弄植物，也很耗费时间吧？"我说："岂止？还要花钱、投入精力、了解各种植物的脾性，一个个把它们照顾好，翻土翻得一身灰，清理枯死的烂叶，并且，每种植物，不同量和频次的浇水、施肥，都是麻烦。但是，每天早起看着它们在清晨的光线里，很舒展又安适的样子，我就很开心……"我想了下，又说："你知道，一切深刻的关系，都是在麻烦中建立的，撇除麻烦，只有享受层面的关系，是绝对不会深刻的，深度往往和麻烦成正比。”

眼下的麻烦和未来的快乐也是平衡的。我想起，有一本书，写的是一个作家，他一年十二个月的养花生活。四季的植物养护细节，一个一个月，循序写着，最后，写到了十二月，他在开足暖气的房间里，叼着烟斗，读一本花种商寄来的种子目录，规划着来年的耕种生涯，想象着花园的前景——这样的场景是常见的，写彼得兔的波特小姐，晚年寄心于农场和生态保护，她最大的快乐也是读这个目录——目录，是一种象征物，它寄予想象力巨大的溢出空间，远远大于实景，而人类的欢乐，不正是源于此吗？

作为一个挚爱书本的人，我天天晃在各路购书网站，激动地选下预计能给我精神风景的书籍、画册，时时关注物流消息，等着它们到来。我快快地奔去拿快递，在路上就急急撕开包装，瞄上两行，然后，在我凌晨的微茫光线、家人都睡去的午夜无人之静中，一页一页打开它们。待在家里，是我最快乐的事，我的书架被收拾得整整齐齐，按国籍、主题分类清晰，想到一个好玩的，我知道到哪里去找它玩，一点都不寂寞。说起来，我不就是在建设一个精神花园吗？

园丁，当然知道什么角落里有什么花，什么时候它该开了，要追肥了。外人看过去一片灰黑的土壤，对园丁，就不一样了，在暗淡的土壤之下，埋着色彩盛放的春天、夏天和秋天，还有冬天。

正写着，北阁楼窗外，一阵阵扑腾翅膀的欢快声音袭来……不知何故，鸟们都喜欢在我家安家，这北阁楼上的一家，已经待了几年了，繁殖出一个挺大的家族了吧？常常我一起床，就听见它们飞进飞出。有时候它们还会打架，我耳闻一阵巨大的混乱，然后，眼前几片不知是胜利者还是落败者的飞羽，在空中，路过我的北窗口，悠悠飘下。有时能看见（似乎是）它们立在我窗前的椿树树枝上，梳理羽毛，换季的绒羽也能看见。我早已把它们当成了熟人，给咖啡加完水，转身继续读书了，并不太在意它们干什么，它们已经融入我的生活了，不是会带来情绪涨跌的异质。不过，希望它们不要老打架了，那声音，常常把我的老心吓一跳。

去年春天，我的油烟机外通道发出了奇怪的声音，然后就有大鸟飞进飞出，我观察了一下，估计是在做窝哺育小鸟。踌躇了一会，咨询了朋友，朋友有乡下生活经验，说鸟在春天应该是繁殖期，不过它们的育儿期也不长，我想想就改吃沙拉和水煮菜了，低脂又健康，想吃肉的话，就买点烤鸭之类的好了，短时不开油烟机也行。月余后，那声音消失了。

我总是在想，是不是因为我们小区砍了很多大树，还有人老是摘树上的樱桃果、桃子和枇杷，使鸟儿失去了安家的树木和口粮的来源（我们的桃树是观赏桃树，那果子不是口感很甜润的食用桃，日本拿来插花的那种青桃，他们采了也未必吃，有时就扔在地下，樱桃我没吃过，枇杷听摘的人说是很酸的，我真是不明白啊，能去超市买进口水果的人，为什么要和小鸟抢口粮），虽然我属于反对砍树的人，但是作为人类整体的一分子，我仍然觉得对鸟们有内疚感。那些把穿山甲往地下摔、想拿它的宝宝泡酒（有些甚至是活剖穿山甲妈妈）的人，那些拿钢筋捅鳄鱼脊柱、拿它们的皮做几万块的包的人，那些拿远红外线猎枪、开越野车打狼、夺走它们唯一皮毛的人，难道不正是我的同类吗？那些在地下痛苦地蜷成一团，就是不肯松开身体交出宝宝的穿山甲妈妈，我无法忘记。

最近封山，人类都关在家里，听说多年未见的小兽都跑出来了，不知是否心理作用，我觉得那段时间的鸟叫声都格外酣畅。动物不是人类的下端食物链，也不是宠物和玩具，它们是我们在地球上的邻居，我们应该平等和谐地相处，不是吗？

人淡如菊

又到了晚上回家，总想在紫藤花架下坐一会的季节了。紫藤的花香略带脂粉气,工笔细描的花朵正是“似星密且丽”的视觉效果，坐在花下，透过花枝看看天空，就有被风吹落的细碎花瓣落下……

春天，如此盛大又短暂。

有时几天未出门，一下楼，樱花、桃花、红叶李已经开了满树，树下是拍照的人，脸上摇曳着花影，嬉闹着，枝头全是一朵朵蘸满了春意开到十分的花，每朵花都竭尽全力的喊着 :“我开了! 我开了! ”

又过了些日子上山，看见一棵长满红叶的树，这是啥?仔细揣摩了半天，十分尴尬，这不就是前阵子大锣大鼓、喊叫春天的红叶李大人吗? 因为花早就落尽了，所以一时没认出来，再一看，桃树的毛桃已经鼓胀到拇指大小，樱桃花的果子也开始青绿起来。

春天的植物，给我的感觉就是这样：开时热烈，但起落节奏快，春天的蔬菜，也长得很快，几天不吃就梗粗叶大，全老了。反过来，又想到去年秋天，在楼下经过一丛野菊（我家路上是菊科植物的集体宿舍：马兰、小甘菊、飞蓬、万寿菊、荷兰菊、金光菊，回家都路过它们，是秋日的绵延注脚），静悄悄地开了很久，下了冷雨、落了霜，日子一天天转冷，它总是那样，有一天，发现花瓣的边缘微微发红，像生锈一样，才明白，菊花妹妹凋零了，不仔细看，都看不出来……落花无言，人淡如菊，原来是写实。

自小对菊花没什么好感，春游秋游时，多数是去玄武湖、中山陵这种大众景点。如果是秋天，多半会去参观一场名种菊花展，小朋友们背着书包，拿着一年才能用两次、前夜刚被妈妈洗干净的旅行水壶，在难得出游、脱离日常生活的小兴奋中，看着那些花。它们多半头非常大，放在毫无美感的水泥灰盆中，有长长的丝垂下来，像军训一样排排站好，了无趣味，并不可亲。和小朋友的审美格格不入。再加上什么坚贞不屈、耐霜雪之类的戏剧化渲染、品格附会，更让人有种参观烈士陵园的悲壮错觉……长大以后，觉得成人真是过分，把植物这种天地之间与人相亲之物，搞到那种没有生命感的维度上，硬生生疏离了人和植物。

切花里，我一开始也不喜欢小雏菊，觉得它花型太微妙，开不开都差不多，不死不活的，虽然花期长，省钱又方便，但完全没有大幅度炫亮出场的生命感。后来慢慢理解了它的那种美感模式：低温、含蓄、克制，淡然而悠远。也爱上它的香气，带着苦寒的药香，怎么没有人发明一种遗世独立的菊花香水呢（莫杰小雏菊还是甜意太重，表情偏活泼，没有菊花的清雅感）？可能是甜味香水比如樱花之类，更容易凸显女性的温柔甜美吧，又或是柑橘系，是一种爽洁清新的甜美，再比如玫瑰、牡丹、芍药，热烈的底子仍然是甜的，想要避开甜姐大家族，只能用木质香，我有时干脆用男香。

雏菊的香是过日子的香——在春夏的日子里，早起吹着凉风看书，给昨天买的花修枝去叶（下端浸水的叶子，怕腐烂）：雏菊的叶和茎被剪断后，发出浓烈的辛香，充满了浴室小小的空间。想起梁实秋写的全家吃完螃蟹后，到后院采艾尖洗手去腥，螃蟹并没有贵重到镌刻在记忆中的深度，难得的是家人同在、兄弟姐妹欢聚一堂的天伦之乐，吃完了还要称螃蟹壳子，谁轻，就是吃得干净，有奖……这艾尖和雏菊的馨香，是平安如馨的馨，是日子的香。

你能说我不爱春花吗？不是的，牡丹季，我总要早早预定一把，日盼夜盼，终于等到花期了，花从菏泽遥遥地寄出，千里迢迢，舟车劳顿地抵达我家，连忙插瓶、浸水，撒上保鲜剂，连夜就绽放了。牡丹的美，实在是让人张口结舌、只能止语的惊艳，夜里起床路过，都忍不住多看两眼，也终于懂了“花开时节动京城”。牡丹若有灵，我恨不能递个麦克风给它做个访谈：“长得这么美，你还让不让人活了？”看着它，我心里隐隐地已经有点焦虑了，这么美，又留不住，怎么办呢？春花的美，就是侵入幅度太大，以至于撤离时会让我有点无措，就像退潮时的大卷浪，把我整个裹进“离开”的动作里去。

随着时间流转，我渐渐爱上秋菊那种秋冬的气质。包括文学作品，我也爱看冷静低温、理性缜密的英美文学、淡然清雅的日式生活美学、淡泊出尘的王维、陶渊明，不太热衷热烈澎湃、滔滔万言的李白、法国及南欧系文学（所谓的低纬度气质）。画家中，是擅用层次不同的灰调子的莫兰迪和哈默修依。再看常玉画的那些菊花，深色背景上，像刻碑一样的，勾出一朵菊花，如此深邃如刻，一颗写碑之心的霜凝冷傲。

口红中，一向不喜欢所谓减龄的番茄红和玫红，而是喜用更为醇熟的红棕调子。天呐，我有多少红棕色的口红啊：带点豆沙的、偏酒红的、偏果木色的、偏正红的、偏山楂的，丝绒质感的、哑光的、水润的、金闪的，一排排开，简直是红棕奏鸣曲。至于爱慕的异性，也是类似的：爽洁干燥的理性、话少坚实的务实、情绪平稳在控、不动声色的渊静深沉，是我最爱的。在他们身边，人仿佛置于秋冬的空气之中，竖起风衣的衣领，风吹起发梢，呼吸中带着微凛的松柏香，清洁凝静。那是我眼中的美。

图书在版编目（CIP）数据

平淡之喜 / 黎戈著 . -- 南京 : 江苏凤凰文艺出版
社 , 2020.10（2021.8 重印）
ISBN 978-7-5594-5144-6

Ⅰ . ①平… Ⅱ . ①黎… Ⅲ . ①散文集 – 中国 – 当代
Ⅳ . ① I267

中国版本图书馆 CIP 数据核字（2020）第 164842 号

平淡之喜

黎戈 著

出 版 人	张在健
策　　划	张　黎
责任编辑	张　黎　姜业雨
装帧设计	周伟伟
责任印制	刘　巍
出版发行	江苏凤凰文艺出版社
	南京市中央路 165 号，邮编：210009
网　　址	http://www.jswenyi.com
印　　刷	苏州市越洋印刷有限公司
开　　本	880 毫米 ×1230 毫米 1/32
印　　张	10.5
字　　数	160 千字
版　　次	2020 年 10 月第 1 版
印　　次	2021 年 8 月第 2 次印刷
书　　号	ISBN 978 - 7 - 5594 - 5144 - 6
定　　价	52.00 元